曉風書院的八卦事【上冊】

Novel 耳雅
Illust jond-D

㊕曉風書院封面幕後花絮XD

你不准畫得太難看！
妳別動啊，動了畫得不像！
三字經

程子謙

皇朝史官，與白曉風是同期考生。
應皇帝的要求，在曉風書院蹲點，
記錄各種八卦事。

唐月嫣

皇帝唯一的么女，七公主。
因為備受皇帝寵愛，所以脾氣「驕嬌」二氣並重。

元寶寶

江南布王的獨生女，家財萬萬萬萬萬貫；
號稱比皇帝有錢。

夏　敏

皇朝第一女才子，滿腹學識，
當朝唯一的女狀元。

唐星治

皇帝的第六個兒子。
喜歡白曉月而進入「曉風書院」。

胡　開

燕王之子，尊貴的小王爺。
因為父親的緣故，比眾人多知道一些消息。

葛　範

船王之子。雖然身為有錢人家少爺，
個性卻很隨和。

石明亮

江南大才子。與唐星治、胡開、葛範為好兄弟，
常常為三人捉刀。

三字經
索羅定
武狀元、大將軍。喜武厭文。
性格放肆不修邊幅，有大智慧。
白曉風的親妹。小家碧玉美女。
偶爾毒舌。有些書呆子氣，有時候挺機靈。
為索羅定的禮儀女夫子。
白曉月

目錄

第一章
數皇城風流人物

劈里啪啦的爆竹聲，響徹整條東華街。

東華街是皇城書香氣最重的一條街，街道兩邊不是書院就是琴行、不是筆墨鋪子就是丹青畫坊，連酒樓客棧裡都聚滿了吟詩作對的才子佳人。

這一日，在東華街位置最好的一處大宅門前，好一陣喧譁，有新鋪開張了。

鄰街的三姑六婆都來圍觀，裡三層外三層圍得水泄不通，對面酒樓的二樓也擠滿了人，夥計心驚膽顫的拿竹竿撐著飄窗，生怕一會兒人太多塌下來。

什麼事這麼熱鬧？

再看人群裡頭，就見那氣派的古宅門前，站著一位要多翩翩就有多翩翩的白衣男子，拱手對圍觀的街坊們微微的行了圈禮，便引來尖叫聲一片。

二樓圍觀的女子們直嚷嚷，「白曉風呀！」

身邊幾個男子酸溜溜，說，「還不就是人樣？也沒有多帥啊……」

話剛出口，四周立刻投來充滿殺氣的目光，姑娘們吼，「比你強多啦！不愛看就滾，別占著位置！」

所謂好男不跟女鬥，幾個書生敗下陣來，灰溜溜遁走。

話說，這白曉風可是皇城最風流的人物，話題多多。

首先，他是名門之後，父親是前任宰相白木天，雖然已經歸隱，但朝中一半以上的官員都是他的門生；其次，白曉風本人又是狀元郎，有當朝第一才子的美譽。

按理說，一個人光占了這有錢有才兩條，已經可算是天之驕子羨煞旁人了，可偏偏老天爺就是獨寵他，還給了他一張帥絕皇城、靚絕天下的臉！再加上白曉風生就一副溫文儒雅的性格、隨和親民的脾性，那一舉手一投足瀟灑俊逸，一回眸一微笑隨時隨地迷倒眾生。以至於皇城內外上至八十老嫗下到八歲女童，幾乎個個都是他的擁戴者，那是一呼百應的！

白曉風在當下，那就是女性的男神，男性的衰神，風頭無兩。

而關於白曉風的生活趣事，特別是關於他的擇偶標準和風流韻事，更是坊間最熱的話題。

這一天之所以這麼熱鬧，是因為白曉風這位無心做官的風頭人物，突然心血來潮，在東華街開設了一家「曉風書院」。今日揭牌開院，據說招生人數為十男十女，入院標準極高，學費也昂貴。

白曉風親自授課，據說目前確定入院的人數已過半，不是皇親國戚就是大富大貴，還剩下僅有的幾個名額，報考難度極大，要求亂高！

白曉風講究寧缺毋濫，曉風書院不是有錢就能進的，人家要的是精英教學。

一輪的鞭炮爆竹放完，簡單的開院儀式也接近尾聲了，白曉風抬起手臂，白色衣袖的考究面料在皇城百姓熱切的期盼下，不負眾望的隨風飄動了起來，露出一截手腕，引得圍觀眾人又一陣狼嚎。

白曉風修長五指輕輕一扯紅色的綢緞，柔滑的上好紅綢順著牌匾滑下，「曉風書院」四個字如龍似鳳、蒼勁有力，由皇上御筆親書，今早特地派人送過來的，講不出的氣派。

白曉風將綢子交給隨從，優雅的整理了一下衣袖，對人群報以溫和一笑，轉身，進書院去了，只留下一個美美的背影還有一陣帶著淡淡薰香的小風，以及圍觀人群的尖叫。

◇　◇　◇

皇宮裡。

原本早已經散朝了，但文武百官都不走，聚在金殿，下棋的下棋、談天的談天，時不時都做同一個動作——就是往門口張望。

當今聖上斜靠在龍椅上，打著哈欠問小太監，「子謙還沒來啊？」

小太監踮著腳往宮門外張望，就見遠處一個人影急匆匆跑來，趕緊伸手指，回報，「程大人來啦！」

原本懶洋洋的眾臣立刻精神一振，抬頭齊刷刷往門外望。

就見金殿前長長的白色大理石臺階上，一個年輕的赭衣官員正小跑著過來，他一手拿著疊卷宗，一手扶著官帽，樣子頗有趣。

這官員二十多歲，斯斯文文白淨面皮，名叫程子謙，是皇朝史官。

程子謙寫得一手好字，與白曉風是同期的考生，當年也考得不錯，皇上看重他寫字速度飛快、人又細心，讓他做了史官。

白曉風建立書院之後，請程子謙去上書法課，程子謙欣然答應，卻被皇上半路劫去，交代了任務——

讓他在曉風書院蹲點，記錄各種趣事，隨時回來稟報。

「啟奏皇上……」程子謙衝進來，滑行了一丈左右急剎住腳步，停在金殿中央，扶正了官帽正想行禮，皇帝一個勁擺手。

「免了免了，怎麼樣啦？」

「呃……」程子謙翻了翻手裡一疊厚厚的卷宗，然後回報，「目前入院的人數有九人，四男五女，其他報考人數女生有三千人，三千選五，男的有兩千多人，也在選，還有六個名額。」

「這麼多人？」皇上摸著下巴，又問，「那五個入院的女生是什麼人啊？有我家月茹和嫣兒沒有？」

「有。」程子謙點點頭，說，「三公主唐月茹和七公主唐月嫣都在錄取名單裡頭。」

這唐月茹和唐月嫣，是皇朝僅有的兩位公主。

三公主唐月茹並不是皇帝親生的女兒，而是他姪女兒。

本朝皇位並非父傳子，而是兄傳弟。先皇早些年已過世，留下一個孤女，託付給皇弟，也就是當今聖上照顧。

皇上與他兄長感情深厚，向來視唐月茹為己出，猶如掌上明珠般愛惜不已。

唐月茹琴棋書畫樣樣精通，十分能幹，還天生一副美人胚子，人稱冰美人，脾氣不怎麼好琢磨。如果硬要說缺點，就是年歲稍稍大了些，今年二十五，暗戀白曉風有十來年了。

而唐月嫣則是皇帝親生的女兒，還是最小的那個，寵愛有加。

唐月嫣今年剛滿十八歲，青春少艾，人也是極漂亮，還是皇上最寵愛、後宮最有勢力的麗貴妃所出，人長得甜美。皇上親生兒子有五個，就這麼一個親生女兒，所以寵上天去。

唐月茹和唐月嫣雖然名分上是親生姐妹，但實際上是堂姐妹，而且兩人的關係也不算太好，因為都喜歡白曉風，爭風吃醋在所難免。

「皇上，您支持誰啊？」左丞相就問。

「嗯……」皇上有些為難，「這手心是肉、手背也是肉。」說著，他問程子謙，「還有三個是誰啊？」

「回稟皇上，有一個可以排除，因為她是白曉風的胞妹白曉月。」

「哦……」朝中文武一起點頭，個個眼冒精光，「就那個大美人白曉月是不是？」

程子謙乾笑，說，「是啊是啊。」

「哎呀，這白曉月平日可不怎麼出來的，這次也在書院？」群臣邊詢問，邊吩咐手下趕緊回家看看，自家兒子報考了書院沒有。

程子謙望天，「那兩千多名男的就是衝著白曉月去的。」名額有限啊，白曉月他可熟，比白曉風還挑剔呢，而且性子很怪。

「慢住！」皇上突然像是想起了什麼，「我兒星治是不是也進書院去啦？」

程子謙翻了翻卷宗確定後報告，「六皇子的確也進了書院。」

皇上摸著鬍鬚微微皺眉，再問，「先別說男生了，除了白曉月之外，還有兩個姑娘是誰家的？」

「一個是元寶寶。」程子謙回答。

眾臣都愣了愣，詢問，「元寶寶是誰？」

「哦，她是江南布王元柯的獨生女，元柯是……」

還沒等程子謙說完，皇上就忍不住撇嘴，「那個號稱比朕還有錢的元柯嗎？原來是他啊。」

「元寶寶為了來曉風書院唸書，在東華街還買了座宅子，當真闊綽。」程子謙翻了翻他調查的卷宗，然後回稟，「據說那宅子要十幾萬兩黃金呢。」

皇上按了按抽動的眼皮子，「他元柯有種把皇宮也買下來。下一個！」

「下一個叫夏敏。」程子謙回答，「那位大才女。」

「夏衣志的女兒是不是？」滿朝文武都認識。

夏衣志是大文豪，他女兒夏敏滿腹學識，前年考試破例讓她參加，中了狀元，比一班男人考得都好，是皇朝第一女才子。

「這個感覺和白曉風挺配的啊。」皇上摸著下巴思考著，「你看吧，第一才子配第一才女。」

「可據說夏敏長得不好看。」

「這樣啊……」

這時，一個小太監跑了過來，手中拿著一張紙，上前報告，「皇上，後宮娘娘們都挑好了。」

「我看看。」皇上接過那張畫滿了「正」字的宣紙研究半天，訝異道，「哦？支持月嫣的比支持月茹的還多啊？」

「是啊，麗貴妃和皇后娘娘都支持七公主。」小太監小聲說，「只有王貴妃支持三公主。」

皇上摸了摸下巴。

到底不是親生的啊！那幾個妃嬪也講究親疏遠近。麗貴妃和皇后娘娘是親姐妹，兩人都支持月嫣，後宮就基本上都看好月嫣了！

想罷，皇上拿了桌上的朱砂筆，在唐月茹的名字後頭劃了個勾，「朕就說月茹行！」

群臣竊竊私語，程子謙趕緊記錄——最新消息，皇上看好三公主，唐月茹擁有最強靠山！

「對了。」皇上問，「除了我兒星治之外，還有三個男生是誰？」

「回稟皇上，一個是燕王之子，小王爺胡開。」程子謙回答，「一個是江南大才子石明亮，還有一個是船王之子葛範。」

皇上愣了愣，「這胡開、石明亮還有葛範，不是星治的把兄弟嗎？怎麼都跑一個書院去了？好兄弟搶女人，這太沒品了吧。」

身邊的小太監小聲告訴皇上，「他們是去幫忙六皇子，不是競爭的！」

「原來是這麼回事！」皇上挑眉，「那我兒豈不是勝算很大？」

「目前情況就是這樣。」程子謙收拾了卷宗。

◇◇◇

散朝後，文武百官拿著這第一手新鮮熱辣的訊息回府八卦去了，皇上一個人回到書房，背著手轉圈。

皇上心中有數，星治和月嫣從小一塊兒長大的，感情極好，不用問啊，星治鐵定會幫著月嫣搶白曉風，那月茹不就沒什麼機會了？

作為一個爹，他是這樣打算的，月茹畢竟年紀大了，這愛了十幾年啊，萬一被人搶走了，恐怕月茹要傷心一輩子，以後再找就困難了。月茹要是嫁不出去，他怎麼對得起自己死去的皇兄？月嫣畢竟還小，以後有的是機會嘛！

想到這裡，他心頭微微一動，對小太監招招手，「你去軍營，把索羅定給我叫來。」

小太監打了個哆嗦，「大……大將軍索羅定？」

皇帝一挑眉，「還有第二個索羅定嗎？」

「是……是！」小太監腿打著哆嗦就跑了。

◇◇◇

說起這位索羅定，那可是風頭不遜於白曉風的皇城另一大話題人物。

小太監跑到軍營附近，有些找不著北。皇朝無戰事已近二十幾年了，盛世太平，因此軍營裡的士兵平日也不怎麼操練，人數還少。

不過有個人倒是會經常來軍營轉一轉，這人就是皇朝最有名的大將軍，索羅定。

說起索羅定這個人，也算傳奇。

如果說白曉風出生就是要什麼有什麼的天之驕子，那麼索羅定就是泥潭裡爬出來、要什麼沒什麼的草芥。

索羅定沒爹沒娘，被一個老乞丐在路邊撿到，沒養幾年老乞丐也死了。他天生天養，機緣巧合學成一身功夫，人也聰明，最後考上武狀元當上大將軍，只可惜生不逢時，完全沒有用武之地。

不過，索羅定的功夫實在太好，所以平時皇上出巡要守衛安全啊、別國使者來訪出去比個武啊、或者哪位娘娘養的貓跑了他去幫忙抓回來啊……好歹有些事情做。

索羅定自由散漫慣了，喜武厭文，還有一身的匪氣，不怎麼合群。

小太監好不容易找到了一個守衛，就問他，「索將軍在嗎？」

守衛往西邊一指，回，「在馬場呢！」

小太監想了想，又問了一句，「那個，索將軍今天心情好嗎？」

守衛摸著下巴仰起臉想了想，「他今天沒罵人也沒打人，午飯和早飯胃口看似都不錯，清早上了趟茅廁出門還哼曲兒呢，估計湊和。」

「哦……」小太監鬆口氣，一溜小跑，去馬場見這位將軍。

按理來說，皇帝身邊的太監，見官大三級，一般人都不敢得罪他，不過索羅定是例外。

這個索羅定，有些天賦異稟，由於他小時候常年放養在荒山野林，跟野獸處得特別好，他跟貓啊狗啊之類的關係都好過他跟人的關係，整個人成天處於一種半蠻荒狀態。

當今皇上是個打獵愛好者，不過身手就馬馬虎虎，眼力還不太好，每次打獵都出狀況，不是被掛在半山腰了，就是被豹子豺狼攆上樹，每次都是索羅定去救他，所以皇帝總拿索羅定當護身符或者鎮宅的麒麟獸。

小太監不怕文官，也不怕其他的武官，得罪了他們，自己最多被打一頓屁股，唯獨這個索羅定可是修羅轉世。據說之前有個小太監說話沒留神得罪了他，被他從城樓上丟下去，一看沒摔死，他竟跑下樓撿起來再丟一次。

所以說起索羅定這個名字，城中百姓都直搖頭，誰家姑娘肯嫁給他啊，不是個瘋子嗎！

因此，如果皇城之中百姓們傳的都是白曉風的風流韻事，那麼傳索羅定的那些，就都是瘋流怪事，不是今天把太師打了，就是明日將宰相大人剃成了禿瓢，說得索羅定就是一個鬼見愁。

可奇怪的是，外面傳得神乎其神，將索羅定講得甚是不堪，他倒是不怎麼在意，從沒澄清過。他今年正好二十五歲，沒什麼姑娘看得上他，他自己也不急，因為也沒遇上他能看上眼的姑娘。

小太監一路胡思亂想著各種可怕的情節，跑到了馬場，剛站穩就聽到一聲龍吟般響徹半空的馬嘶聲，驚得毫無準備的小太監一屁股坐在了地上，仰起臉一看……

一匹紅色的高頭大馬正在操場上奔馳，馬上一個黑衣人，不知道是不是仰著臉看的緣故——好高大！

索羅定其實長得很不錯的，就是凶啊！

皇上找人分析過索羅定的長相，覺得他可能不是漢人，臉窄個兒高手長腳長，五官刀削斧砍似的那麼硬挺，再加上一雙鷹目，眼珠子還是琥珀色，中原人很少見這種長相。頭髮常年隨意紮在腦後，也不是黑色，而是少見的鏽紅色，陽光下一曬，跟著了火似的那麼詭異。

小太監坐在地上好好打量了一下索羅定，突然有些替他遺憾。索羅定給人的感覺很硬朗、很有男人味兒，就是傳說中那種征戰沙場的大英雄長相，可惜如今天下太平，皇朝又重文輕武，以至於他英雄無用武之地，可惜了啊。

正看著，馬已經到了身邊。

索羅定坐在馬上，低頭看著那個突然闖進來還坐在地上發呆的少年，看衣著，估計是皇上身邊的太監。

索羅定忍不住皺眉，這次又怎麼了？是誰家娘娘的貓丟了，還是哪家王爺的狗沒了？

「索將軍。」小太監顫顫巍巍說，「皇……皇上宣召，令你進宮面聖。」

索羅定聽後，翻身下馬，將馬轠繩一手甩給小太監。「幫我拴了。」說完，他不緊不慢的走了，走路姿勢透著一股難言的囂張。

小太監抓著馬轠繩愣在原地——咦？挺和氣的啊，沒傳說中那樣可怕……

正發呆，就感覺馬轡繩被用力一拉。

「哎呀！」小太監一個趔趄摔了個狗啃泥。

那匹馬性子野得很，掙脫轡繩，跑去後頭吃草了。

小太監委委屈屈爬起來，伸手捂著嘴，一捂發現滿手血，嘴脣磕破了！

「真晦氣啊！」

小太監可憐巴巴到井邊打水洗臉，叫一個路過的士兵看見了……

不出半個時辰，整個都城就傳開了……

「聽說了嗎？索羅定膽子越來越大了，連皇上派去傳旨的小太監都打！」

「不是吧？怎麼這麼蠻橫不講理啊？」

「就是啊，打得可慘了，門牙都掉了，滿臉血。」

「嘩……這是個野蠻人啊，誰來管束一下他吧！」

◇ ◇ ◇

索羅定溜達進了皇宮，一路走去兩邊侍衛太監宮女都往旁邊閃，怕他吃人似的。

索羅定也不在乎，進了花園，見皇帝正站在池塘邊，拿著肉乾餵兩條心愛的獵犬。

「參見皇上。」索羅定上去行了個禮。

「哎呀愛卿！」皇上一見索羅定就眉開眼笑，往後撤了一步，不料一腳踩空，順著池塘邊緣就往水面的方向平躺下去，嘴裡還喊著，「愛卿！」

索羅定望天翻了個白眼，快速上前一步，一把抓住皇帝的衣袖，將人拉了上來，扶著站穩。

皇上拍著胸脯，大喜，「愛卿又救朕一命，大功一件！來人啊，重重有賞！」

索羅定抽著嘴角道謝，這已經不知道是第幾次重重有賞了……從某種程度上講，皇上可能跟自己一樣，這日子過得很無聊吧。

「愛卿，朕有重要任務交給你！」

皇上說這話的時候，神情嚴肅。不過他每次找貓找狗也都是這麼個開場白，所以索羅定沒往心裡去。

「朕要你，去做臥底！」

索羅定被皇帝這話說得一愣，掏掏耳朵，問，「去幹嘛？」

「做臥底啊！」皇上異常認真。

索羅定聽著就納悶，心說這年頭又沒個敵國，連個反賊都沒有，上哪兒做臥底啊？

見索羅定一臉茫然，皇上微微一笑，「你啊，幫朕去曉風書院做臥底！」

「曉風書院……」索羅定沒聽說過，就問，「臥底查什麼？」

「查白曉風的八卦。還有啊，幫月茹釣上白曉風這個金龜婿！」

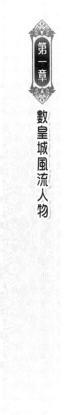

索羅定聽完後，默默仰起臉，內心在咆哮——蒼天啊！來道雷劈死我吧！

皇命不可違，索羅定無奈的接了旨，心不甘情不願做臥底去了。

皇上說具體事宜他已經交給程子謙代為安排，讓索羅定找程子謙一起去曉風書院。

說起程子謙，可謂是皇朝少數幾個不怕索羅定的人之一。他與索羅定很早就認識，因為好奇索羅定是否真如傳言說的那樣暴戾嗜血，程子謙在軍營也蹲點了一陣子，寫他的《子謙手稿》，一來二去兩人混熟了，挺投緣就成了好友。

索羅定先到皇宮門口，就見程子謙蹲在馬車上，正刷刷寫著什麼。

「你每天都在寫，有那麼多東西可以寫嗎？」索羅定走過去。

「唷，阿定！」程子謙拿著手稿晃了晃，「皇上令你奉旨去曉風書院唸書學習禮儀，今日最大趣聞呀！」

索羅定一邊的眉毛拎起老高，「又傳這種東西，無聊。」

「皇上真的叫你去學禮儀哦！」程子謙提醒，「聖旨都送去曉風書院了。」

「什麼？！」

索羅定一瞪眼，那個凶悍啊。

程子謙趕緊伸手接，開玩笑的說，「小心眼珠子掉下來。」

索羅定來氣，不屑道，「讓白曉風那個書生教我？」

「嘿嘿，現在滿皇城的姑娘們都羨慕你，滿皇城的男人們都期望你痛揍他一頓！」
程子謙見索羅定挑挑眉，那樣子似乎是說——第二條可以考慮。
「不過話說回來，白曉風擁戴者眾多，你要是真的打了他，皇城裡頭的姑娘……不是，全天下的姑娘們可都不會放過你，到時候你就真別想娶媳婦兒了。」程子謙好心提醒他，「要低調要忍耐啊！」
索羅定已經不想說什麼了，隨他們愛怎樣就怎樣吧。上了馬車，他對那看都不敢看他的車夫一擺手，命令道，「去曉風書院。」
車夫趕緊抓起馬轠繩趕路。
程子謙樂呵呵的問坐在車裡生悶氣的索羅定，「唉？那四個姑娘你看好哪個？」
索羅定翻了個白眼，「排著隊搶白曉風？腦子有病！」
這裡插一句，索羅定和白曉風，還真是有些仇怨的。
按理來說，這兩人井水不犯河水，一個武將、一個書生，八竿子扯不到一起去，不過八卦傳言害死人。
有人曾經問白曉風，覺得索羅定這人怎樣，白曉風聽過無數他的暴戾行為，就隨口答了句，「沒教養。」
不過這事一傳十、十傳百，就變成了白曉風痛罵索羅定沒有爹娘生養、斗大的字不認識幾個、粗野沒教養、野蠻人什麼的。索羅定還真是沒有爹娘生養，聽著這話很刺耳，對白曉風也就沒什麼好感，覺著這人嘴碎，背後說人是非。

也有人問索羅定，覺得白曉風怎樣，索羅定懶得理會，扭頭就走。

於是外界又傳，索羅定沒聽說過白曉風，對他不屑一顧，說他不值一提。

這話，白曉風聽了自然也不怎麼高興，於是兩人就不對頭，偶爾在皇上的酒宴或者宮裡的聚會碰見了，彼此越看越不順眼，再經由丫鬟下人們一傳說，流傳出去的版本就更加精彩了，這裡也不贅述。

索羅定的馬車往曉風書院走，皇城裡，新一輪八卦又傳起來了……

「聽說了嗎？皇上讓索羅定去曉風書院學禮儀！」

「估計是因為他打了小太監的事情！」

「這蠻子，是該好好管管了。」

「不知道白曉風能不能降得住他，他可是會動手打人的。」

「他要是敢打白公子，我們就跟他沒完！」

◇◇◇

此時曉風書院裡，白曉風拿著聖旨一個頭兩個大，索羅定是個燙手山芋，讓這麼個野人進書院簡直有辱斯文。再者，白曉風也有些忌諱，索羅定功夫那麼好，誰能管住他？到時候別真的挨頓揍，那可不划算。

他正犯愁，就聽到有個俏皮的聲音從身後傳過來，「大哥！」

白曉風一回頭，俏生生一張臉蛋兒就在自己肩膀後面，一雙杏核眼瞇成新月兩道彎，翹著的嘴角邊米粒大小兩個梨渦，說不出的討喜，是自家妹子白曉月。

白曉月很感興趣的問，「聽說那個罵過你的皇朝第一高手索羅定要來書院啦？」

「呃……」白曉風摸了摸下巴。想起來，索羅定是出了名的好男不跟女鬥，而且他一個大將軍，又那麼愛面子，應該不會打女人。

靈機一動，白曉風就問自家妹子，「曉月，妳教那索羅定禮儀怎樣？」

白曉月頭一歪，爽快回答，「行呀！」

◇◇◇

程子謙的馬車停在了曉風書院的後門口。下車，程子謙先前後張望一下——順便統計下在門口等待白曉風的人數。

在車裡打了個盹的索羅定懶洋洋下車，伸了個懶腰——也怪他手長腳長，伸懶腰的幅度有些大，一不小心拍到了後門上面的一塊牌匾……

不知道是索羅定天生神力還是那塊牌匾的木料不太好，就聽到「喀嚓」一聲……

索羅定往旁邊一閃。後門上方的牌匾晃了兩晃，砸下來，「啪嚓」一聲碎成三片。索羅定低頭看了看那塊摔在門口的牌匾，仰起臉，一腳踩了過去——不關我事！

程子謙搖著頭在後頭記錄——索羅定踏入曉風書院第一步，砸爛牌匾。

不多久，這事又傳了個滿城風雨……

「聽說了嗎？索羅定了不得，剛進書院就把牌匾砸爛了！」

「他是要給白曉風一個下馬威啊！」

「據說還踩了一腳呢。」

「哎呦，作孽啊，這蠻子！」

索羅定大搖大擺進了曉風書院的後門，第一眼看到的是院子。

這曉風書院占地不小，白石子鋪路，兩邊都是太湖石和各種古樹花卉，還養了幾隻白孔雀，十分雅致。

索羅定覺得環境還是不錯的，走了兩步，低頭看到路邊趴著一隻細犬。這狗十分漂亮，純白色，捲長的背毛一直垂到腹部，優雅纖細，趴在一棵老槐樹下，正打盹。

索羅定從牠面前走過，那狗抬頭看了看他，兩相對視，細犬搖了搖尾巴。

索羅定蹲下，伸手去摸狗的頸部，見牠溫順，微微笑了笑，就感覺有目光注視……他一抬頭。

石子路邊有漢白玉的臺階，臺階上一排紅漆鏤花的欄杆，每隔十步左右的距離，有一根立柱。古樸的黑色石柱，柱身上浮刻著雲山、樓臺、飛鶴、霧海……精巧繁複，卻不俗氣。

在一根石柱旁邊，站著個白色的身影。

索羅定由那人的腳尖往上看，白色的暗花靴子，銀絲滾邊的荷花裙裙襬，鵝黃色的腰帶和外衫，黑色的長髮垂在一邊……一個身材玲瓏的姑娘。

再看臉，尖下巴頦兒，兩個梨渦，一雙大眼，好奇看，也奇好看。

「曉月姑娘。」程子謙從後面走過來，跟那姑娘打招呼。

索羅定微微挑了挑眉——這就是白曉風那個妹子嗎？長得不怎麼像啊。

白曉月抬腳踩著欄杆往下一蹦，跳到了石子路上，身手挺敏捷。她走到索羅定身邊，上下打量了一番，開口，「站起來我瞧瞧。」

索羅定愣了愣，站起來。

「嗯……」白曉月仰起臉看比自己高了不少的索羅定，「頭髮亂了點、衣著隨便了點，鞋子上也有些灰泥……」

索羅定嘴角抽了抽。果然不是一家人不進一家門，和白曉風風格很接近。

「吶，我叫白曉月，你可以叫我曉月夫子，從今日起，我負責教你禮儀和一些基本常識。」

白曉月背著手，在索羅定身後挺有夫子樣的溜達了起來。「我可不管你是什麼將軍還是大官，總之你既入我門下，就要聽從我這個夫子教導，我怎麼教你的，你都要好好學習、牢牢記住，不然要受罰的，知道沒？」

程子謙就見索羅定的臉色越來越難看，在一旁對他使眼色——冷靜啊，這是個姑娘！好男不跟女鬥。

索羅定深呼吸，勸自己不要跟這丫頭一般見識。

白曉月卻似乎什麼都沒瞧見，慢悠悠說，「一會兒，你去去換身像樣點的衣裳，到書房寫篇文章我瞧瞧，看你功底怎麼樣。」

索羅定心中產生了一絲懷疑——皇上是不是耍他玩兒呢？這是讓他來做臥底呢……還是真的讓他來唸書？

「對啦！」白曉月突然想到了什麼，一拍手，「聽說你功夫不錯喔？」

索羅定眼皮子直跳——不錯？老子是天下第一！

「那以後我也許會讓你幫忙辦點事，你不可以推辭。」說完，白曉月指了指後頭，「我在書房等你，你去洗個臉換件衣服梳了頭髮過去，還有啊，記得擦鞋子。」

說完，她背過身，溜溜達達的走了。

索羅定磨著牙扭頭瞪程子謙——不是白曉風教課嗎？怎麼跑來個丫頭？是個女的連揍人都不行了！

程子謙攤手——誰曉得？

正對視，跑到門口的白曉月像是想起了什麼，扭回頭說，「對了，你大名叫索羅定，有字沒有啊？」

索羅定嘴角一抽，自言自語了一句，「字個屁！」

白曉月一臉驚訝，「字嗝屁？」

「妳才嗝屁！」索羅定翻白眼。

白曉月板起臉，「分明是你自己說字嗝屁。」

「老子說的是字個屁！」

「不就是嗝屁！」

程子謙一字不落的記錄兩人交談的過程——好亂！

索羅定一邊牙咬著，一邊漏風漏出一個字，「屁！」

白曉月秀眉一皺，「你說你怎麼取名字的？又是腚又是屁的，說話不能文雅點！」（註：腚為屁股之意）

索羅定想了一會兒，才明白她說的腚是他索羅定的定。感覺額頭上青筋抽搐，他伸手按著腦門，提醒自己——好男不跟女鬥。

「我住哪兒啊？」索羅定決定不跟女人一般見識，扭頭問一旁奮筆疾書的程子謙。

程子謙抬頭，伸手一指西邊，「西跨院兒。」

索羅定拿了自己那個只裝了幾件衣裳的包袱就往西邊走了。

「站住！」白曉月還不幹了，「在書院唸書，一定要尊師重道！」

索羅定抬手搭了個涼棚四處張望，「師在哪兒啊？」

白曉月指著自己，「都說了我是你女夫子！」

索羅定壞笑，「妳是我夫子又不是我老婆，我回不回房也要妳管？還有啊，我平常最喜歡光著屁股到處走，妳看到我盡量繞道，千萬別進我院子！」說完，大搖大擺走了。

白曉月一雙眼睛都瞇起來了，站在後頭盯著索羅定走遠的背影——看樣子是生氣了。

「咳咳。」

這時，院子外面，剛才一直聽著情況的白曉風走了出來。這索羅定看來真的沒人管得了，他妹子好歹是個沒嫁人的姑娘家，怎麼可能管得住那流氓？

「曉月啊，既然這樣就算了，哥另外想辦法……」白曉風就想著要不然別管索羅定了，隨他去。

不料白曉月突然一扭身，氣呼呼往院子外頭跑了，嘴裡還碎碎唸，「索羅嗝屁，你死定了！本小姐跟你沒完！」

白曉風無奈的摸了摸下巴，回頭，就見程子謙還在寫呢，面上表情十分有趣。

晌午飯的時候，茶樓裡的人又聊開了。

「聽說了嗎？索羅定剛進書院，就把白曉月給招惹了！」

「他竟然敢招惹曉月姑娘？！」

「哎呀，那個流氓呀！」

◇　◇　◇

閒適的午後，陽光照得牆頭打盹的貓咪軟趴趴的晃著尾巴，連喵都懶得喵一聲。

「哈啊～」曉風書院西跨院的獨門小院裡，躺在竹榻上、手上拿著個空酒壺的索羅定打了個哈欠，單手枕在腦後，望著天上的白色雲朵。

雲飄得好慢、日子過得好慢……剛到曉風書院才一個時辰，他就已經覺得無聊了。

「篤篤篤。」

門口傳來了敲門聲。

索羅定抬起頭往門外看了一眼，就見一個女子站在那裡，穿著一件素色的長裙，手裡拿著個籃子。

索羅定翻身站起來，對她行了個禮，「三公主。」

站在門口的，正是唐月茹。

唐月茹給人的第一感覺是漂亮，第二感覺就是清冷淡漠，不怎麼好相處，但是索羅定跟她關係還不錯。

唐月茹應該在朝中有耳目，肯定知道索羅定這次是來幫她忙的，因此拿著水果來看他，問候道，「索將軍別來無恙。」

索羅定跟她客套了兩句，也不是多熱情。

唐月茹微微一笑。她向來對人傲慢也很冷淡，倒是覺得索羅定這樣的人比較好相處，一味的笑臉相迎，她反而不知該如何打發。

寒暄了兩句，唐月茹告辭，嫋嫋婷婷出去了，只留下一個消息——六皇子唐星治鍾情白曉月，聽說索羅定第一天入門就對白曉月不敬，可能會想法子報復，讓索羅定小心些。

索羅定打了個哈欠，躺下繼續打盹，覺得腦門後面毛茸茸的，回頭一看，「喵嗚」一聲。

一隻肥肥美美的狸花貓不知何時搶了他的枕頭，見他回頭，也不跑，拿毛茸茸的尾巴甩了他兩下。索羅定伸手將肥貓推上去一點，枕著牠的肚皮繼續曬太陽。

「叮……咚……」

院子外頭，似乎有清脆悅耳的鐘聲傳來，有些像是搖鈴，索羅定迷迷糊糊翻了個身，繼續睡。

沒一會兒，就聽到一陣腳步聲，似乎有人進來了，之後，耳邊響起了急切的「叮叮叮」的搖鈴聲音。

索羅定睜開眼睛往上看，就見白曉月一手拿著個搖鈴，正搖著呢。

見他醒了，白曉月問道，「本夫子叫你上課，你怎麼不來？」

索羅定皺眉，「我沒聽到妳叫我……」

「搖鈴囉！」白曉月又舉著搖鈴搖了一下，發出「叮」的一聲。「以後這個聲響就是我叫你呢。你的文章寫好了沒有？」

「寫什麼文章？」索羅定坐起來，手邊的酒壺落到了地上。

白曉月臉又板起來了，不滿道，「怎麼如此對壺喝酒？這是粗人喝法，一會兒我教你飲酒的禮儀。」

「呵。」索羅定乾笑了一聲，「爺喝酒就是圖個痛快……」

「不准說『爺』！」白曉月拿搖鈴敲了他一下，敲在肩頭不痛不癢的。

索羅定瞧了她一眼，有些無語，「我說姑娘妳沒事幹嘛？妳自己忙自己的唄，別管我成不？」

「不成！」白曉月還挺認真的道，「養不教父之過，教不嚴師之惰！」

索羅定撓頭。

這世上最難對付的就是書呆子和女人，這姑娘倒好，兩樣都占齊了。

索羅定搖了搖頭，不過他自然不會怕個矮自己半截的姑娘家，他站起來準備進屋睡到晚上，再跑去軍營騎馬練武功。

白曉月見他要走，微微一笑，「我剛才進宮了一趟。」

索羅定停下了腳步，回頭看她，有不好的預感。

白曉月依舊微笑著，「皇上說，你什麼時候能離開曉風書院呢，是我說了算的。」

索羅定一愣。

「也就是說，你若是乖乖學禮儀，學成了我就讓你回去。據說最近邊關有些山賊土匪，皇上想讓你帶兵剿匪去呢。」

索羅定一聽這話，雙眼亮了亮。

「不過，你若是不聽話，辦事不利呢？」白曉月眯起眼睛，「皇上說了，讓你一輩子留在曉風書院唸書寫字，讓其他將軍去剿匪。」

索羅定愣了半晌，指著自己的鼻子問，「妳威脅我？」

「是啊！」白曉月雙手輕輕一扠腰，仰起臉，「以後你要聽本夫子的，要尊師重道，聽到沒？」

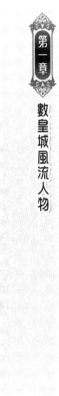

索羅定磨牙半天，不過權衡利弊，還是打仗比較重要，心不甘情不願蹦出一句，「算妳狠，爺忍妳！」

「什麼？」白曉月雙眉一挑，「夫子問你聽到了沒有？」

「聽到啦……」索羅定皮笑肉不笑拖著個調門，「曉月夫子！」

白曉月似乎很受用，點點頭，站在院子裡，伸手撓竹榻上的胖花貓。

索羅定看她，「妳怎麼還不走啊？」

白曉月眉間擰個疙瘩，「我幹嘛要走？你換了衣服跟我去書房寫稿！」

「所以啊……」索羅定解衣帶，「我換衣服妳大小姐想看啊？」

「呀啊！」白曉月捂著眼睛說，「好怕呀！」

不過說完，她可沒走，雙手放下扠著腰微微一笑，「你敢脫本姑娘就敢看，你比那些瘦巴巴的書生有看頭多了！」

索羅定驚得一哆嗦。

白曉月抱起胖貓往榻椅上一坐，笑咪咪瞧著他，眼眉都彎彎的，兩個小梨渦出現在面頰兩側。

索羅定嘟囔了一句，「瘋丫頭，面皮都不要了！」說完，進屋換衣服了。

白曉月看著關上的房門得意的笑，摸著狸花貓的腦袋，「原來是個外強中乾的花枕頭，面皮還挺薄。」

說完，就聽到屋裡索羅定嚷嚷，「誰他娘給老子拿雙乾淨的鞋來！」

◇　◇　◇

索羅定換好衣服，費勁的梳了頭髮，實在沒找到乾淨的鞋子，便把那雙髒鞋擦了擦覺得還湊合了，就出屋。

不過白曉月沒在院子裡了，狸花貓還在榻上打盹呢。

索羅定走出院子，就看到剛才的大槐樹下面，白曉月正在給那隻漂亮的白色細犬梳毛。

所謂伸頭一刀縮頭一刀，既然沒得逃，索羅定就只好盡量跟這丫頭配合。

順著走廊走到槐樹邊，站在剛才進來時白曉月站的位置，就聽到那丫頭正跟狗說話，「定定，晚上吃排骨？」

索羅定掏了掏耳朵，問，「這狗叫什麼？」

白曉月顯然被他嚇了一跳，蹦起來，回頭瞪著他，「你走路怎麼不發出聲音？！」

索羅定也被她嚇了一跳，問，「要發出什麼聲音？」

白曉月拍了拍衣襬，正色道，「走吧。」說著，帶索羅定去書房。

「那狗叫什麼？」索羅定跟著白曉月往屋裡走。

「……叫，傻傻！」白曉月一臉認真，「傻傻！」

「妳剛才好像在叫丁丁……」索羅定心說是不是自己聽錯了。

「什麼啊，就叫俊俊。」白曉月耳朵通紅，快速進屋。

索羅定也沒在意，就覺得反正書讀得多的姑娘大多神經兮兮的。

「坐下。」白曉月指了指手邊一張矮几。

索羅定走過去，看了看還不到自己膝蓋的矮几，嫌棄道，「這怎麼坐啊，腿都沒地兒擱。」

「跪著坐囉。」

「那不成。」索羅定板起臉，「男兒膝下有黃金。」

白曉月癟癟嘴，「那就盤腿坐。你愛怎麼坐就怎麼坐，怎麼那麼挑剔吶?!」

索羅定只好坐下，腿蜷起來，不舒服!伸直了，也不舒服!最後擺弄半天，終於跟坐大帳裡的虎皮椅似的，一腳蜷著一腳躬著，似乎舒服了點。

白曉月拿戒尺「啪啪啪」敲了三下桌面，那意思是——你好了沒?!

索羅定皮笑肉不笑的對她點頭，算是坐好了。

「這是你的文房四寶，以後上課都要帶著。這裡是我的書房；往後你每天呢，白天我們大家一起到那頭的學堂上大課，我就坐你後頭。下午你上這兒來，我教你一個時辰的禮儀，再一個時辰的其他課程。」

「要兩個時辰?」索羅定似乎覺得時間長，撇嘴跟買菜似的討價還價，「短點唄。」

白曉月拿戒尺敲了他一下，「夫子話還沒說完呢，不准回嘴!」

索羅定癟癟嘴，拿起毛筆看了看，又打開硯臺看了看，最後拿起塊墨聞了聞。

白曉月伸手拿過墨，又往硯臺裡舀了一小銀勺的水，邊磨墨邊說，「今日我幫你磨一回，以後每次上課前，都要自己磨好墨！」

索羅定一雙眼睛跟著白曉月的手一圈圈打轉，就覺得頭暈眼花，他靈機一動，「要不然妳別給我硯臺了，給我個罐子，裝滿水把整條墨都溶裡頭，省得我每天那麼費勁……」

話沒說完，就見白曉月瞪了他一眼，「磨墨是修身養性的！」

「喝酒也可以……」

白曉月作勢又要去拿戒尺，索羅定只好乖乖閉嘴，托著下巴等她磨墨。

這時，走廊上傳來了輕微的腳步聲，走來的人似乎很小心，不過索羅定功夫好，聽得清楚。他伸手搔頭的時候往後瞟了一眼，就發現後窗戶的地方有人鬼鬼祟祟經過。

索羅定也沒往心裡去，見白曉月歪著頭一直磨墨，就問，「還沒磨完呢？繡花啊？」

白曉月微微一愣，才發現墨磨過頭了，就又舀了點水進去，再磨兩下。

索羅定噘起嘴將毛筆架在嘴上，夾在鼻子下面的位置，陰陽怪氣問她，「走神啊……想什麼呢？心上人？」

白曉月瞟了他一眼，「要你多事，趕緊寫！」

索羅定拿著筆，跟拿著寶劍似的挺豪氣，問著，「寫什麼？」

「嗯……」白曉月想了想，「你隨便寫點什麼吧。」

索羅定眉間擰了個疙瘩，「隨便……」

糾結了大概有半盞茶的工夫，索羅定靈機一動，「畫畫成不成啊？」

「行呀！」白曉月還挺開心的，「你會畫畫？花鳥還是魚蟲，山水或者美人兒？」

「畫美人兒吧。」索羅定一樂，「這個我在行。」

白曉月愣了愣，隨即看似有些悶悶的，道：「那你畫吧。」

「畫誰呢……」索羅定想了想，最後看身邊的白曉月，「不如畫妳？」

白曉月的耳根子又紅了紅。「我又不是美人。」

「哇！大小姐妳用不用那麼謙虛啊，妳不是美人那滿大街不都是醜八怪？」索羅定挽起袖子，刷刷開始畫，還叮囑白曉月，「妳別動啊，動了畫得不像！」

「哦……」白曉月真的坐在一旁抓著墨不動了，嘴角微微翹著，還不忘囑咐，「你不准畫得太難看！」

「保管妳說像。」索羅定手上忙活。

白曉月就坐在一旁等。

沒多久，索羅定將畫筆一丟，「畫好了。」

白曉月想看，不過又不敢看，心說這大老粗能畫出個什麼來，別畫出個豬頭或者烏龜來，惹自己生氣。

「看啊。」索羅定拿起畫紙吹了吹，滿意的說著，「滿像的。」

白曉月先小心的瞄了一眼……一眼看過去，她倒是愣了，驚訝的看了索羅定一眼。

索羅定似乎對這一眼很滿意，笑問，「不錯吧？」

白曉月拿起畫紙端詳。雖然只是水墨的簡筆畫，也沒什麼筆鋒、沒什麼畫派，但是沒想到索羅定畫畫真是滿有天分的，畫得很像很好看。

「還行？」索羅定兩手插在袖子裡抱著胳膊問她，邊暗讚白曉月這丫頭正經起來還挺好看的，大眼睛長睫毛，鼻梁也挺，就是稍微有點小孩子氣，而且書卷氣太重，木頭木腦的，沒什麼風韻。

「嗯……還行。」白曉月點點頭，「孺子可教。」

「那就算通過了？」索羅定站起來捶腿，「腿都麻了，好傢伙，在這坐一下午非長膘不可。」

「你把你那些好傢伙啊、老子啊、大爺啊什麼的口頭禪都改掉。」白曉月認真道。

「好好……」索羅定想著凡事順著這丫頭答應唄，多一事不如少一事。說完，就要出門。

「等等！」

索羅定保持笑容，回頭問，「夫子，還有什麼吩咐？」

白曉月將畫紙放在桌上，「你寫個名字啊！」

索羅定眨眨眼。

「落款總得有吧。要寫上某年某月，某個時辰在哪兒畫的，畫的是什麼。」白曉月戳戳畫紙上空白的地方。

「這麼小一張紙，哪兒寫得下那麼多？」索羅定犯懶。

白曉月挑了挑眉頭，那意思是——我看你寫不寫。

索羅定無奈，覺得被個小丫頭制住了真是沒面子，人在屋簷下哪能不低頭……冤孽！

無聲的嘆了口氣，索羅定抓起筆，刷刷刷三排字寫下來，就把白曉月寫呆了。

索羅定見白曉月目瞪口呆的樣子，樂了，「怎樣，爺的狂草如何？」

白曉月沉默良久抬起頭，抓起戒尺一把拍過去，「十個字錯了八個，你這個笨蛋，字還寫那麼難看，你賠我的畫像！」

索羅定轉身就跑，他會輕功的嘛，一下子跑沒影了。

白曉月抓著畫紙追到院子裡，左右一看，哪裡還有索羅定的身影，只好鬱悶的轉身回房，邊收拾東西邊嘴裡碎碎唸，「笨死了。」

正收拾著就聽門外傳來敲門的聲音，白曉月回頭，看到唐星治站在門口。

「六皇子。」白曉月起身。

「都說了不在宮裡就叫我星治。」唐星治走進書房，笑問，「怎麼氣得臉都白了？聽說妳教索羅定禮儀呢。」

提起他來白曉月就一肚子氣，搖頭，「別提了，朽木不可雕！」

唐星治微微一笑，就見白曉月將那張畫小心的折了起來，收好夾進一旁自己正在看的詩集裡頭。

「我約了皇姐和嫣兒去遊湖，妳去不去？皇姐新買的一張古琴，音色可好了。」唐星治說。

「嗯，不去了，一會兒我哥找我還有事呢。」白曉月笑了笑，跑去一旁收拾書架上的書，順便挑出幾本畫冊來，都是上好的名家畫冊。那個笨蛋索羅定還挺有天分的，讓他看看。

「那我走了，妳別太累啊。」唐星治溫柔交代。

「嗯。」白曉月點點頭答應，對他笑了一個，回頭繼續找畫冊。

唐星治又看了一眼畫冊，不動聲色的走了。

白曉月拿了畫冊，想了想，跑去索羅定的院子看了看，人沒在，就將畫冊放在了他桌上。

白曉月一走，唐星治從屋後的走廊裡閃了出來，進屋，抽走了那張夾在詩集裡的畫像，離開。

白曉月回來後，見屋子門開著，還以為索羅定回來了，進屋看了看，沒人，就又悶悶的出來，到槐樹下坐著，繼續幫細犬梳毛。「定定，那個傢伙那麼笨，大哥肯定不讓他入白家門。」

細犬身形優雅，輕輕的甩了甩頭，仰起臉用鼻尖蹭白曉月的胳膊。

白曉月捧著牠的臉揉了揉。「他好像一點都不記得我了，虧我還記得他。」

定定歪過頭，瞧著白曉月。

白曉月嘆了口氣，又吸氣，搓搓細犬極漂亮的脖頸，「不過總算也有些優點，哦？」

◇　◇　◇

索羅定跑出書院，覺得外面的天都藍了一點，找了家酒樓進去，還特地挑了二樓一個背風的座位坐下。要了壺酒，索羅定邊喝酒邊搖頭——這日子沒法過了，整天寫字畫畫，悶都悶死了。

這邊廂正喝酒，就聽身後有人問他，「第一天上課就蹺課，不要緊啊？」

索羅定一驚，回頭，就見是程子謙。

「你小子不會功夫，怎麼走路也一點兒聲都沒有，屬鬼的？」索羅定接著喝酒。

程子謙將手裡最暢銷的《子謙手稿》發放給夥計，夥計拿下去分派，整個酒樓立刻熱鬧了起來，傳閱的、手抄的不計其數。

索羅定看了一眼，納悶的問，「你今天又寫什麼了，他們那麼激動？」

「今天寫的是六皇子苦追白曉月的段子。」程子謙往嘴裡丟了兩顆花生米，喀滋喀滋嚼著。

索羅定記得唐星治什麼樣，也算一表人才，挺有禮貌的，皇親國戚根正苗紅，年歲好像也和白曉月差不多少，就回了一句，「挺配的啊。」

「可惜白曉月看不上六皇子。」程子謙神秘兮兮說著，「據我的調查呢，白曉月心中早就有人了。」

索羅定喝著茶，隨意說著，「有心上人了？那敢情好，趕緊嫁人啊，在書院幹什麼？」

「吶，給你透露第一手絕密資料。」程子謙湊到索羅定耳邊八卦，「我有一次跟曉風書院的廚娘聊天的時候，探聽到了個秘密！」

索羅定一臉嫌棄的看他，「你連廚娘都不放過啊？」

「去！」程子謙一瞪眼——八卦呢！專心點！

索羅定望了望天，不過，他對白曉月的夢中情人倒是有些好奇。為了那個人，她連日後最有可能繼承皇位的唐星治都不要了？

「廚娘說，白曉月小時候有一次遊湖，掉河裡了……」

「得。」索羅定一擺手攔住他，「鐵定是有個英俊不凡的絕世美男跳下湖把她救上來了，然後名字都沒留下就走人了，於是這姑娘就春心蕩漾，指天發誓非他不嫁是不是啊？」

程子謙驚得一哆嗦，「你怎麼知道？該不會那人就是你？」

索羅定哭笑不得，「你也跟她一樣瘋啊？這種事戲文裡每天都在演啦。那姑娘是被水嗆糊塗了吧，那會兒就算救她的是個豬頭，她也說人家帥……啊嚏！」

索羅定不知為何打了個噴嚏，趕緊揉鼻子。「奇怪，兩年半沒打噴嚏了。」

程子謙皺著鼻子在那條八卦上畫了個朱砂圈，「這條有待考證！」

◇◇◇

喝了酒又吃了碗麵，索羅定溜達著回書院，想著白曉月估計氣也消了。

剛走到院子門口，就見一旁的花叢裡有什麼東西，他瞟了一眼，白色的一堆，伸手去撿起來一看，驚訝——是一堆扯得粉碎的紙片，不過上面那狗刨一樣的字他可認得，不就是他大爺的手筆？

「不是吧……」索羅定拿著那把碎片進院子，心說這姑娘脾氣也太大了，至於那麼生氣嗎？不就是字寫錯了，別把畫也扯了啊，不是說畫得挺好看的嗎？

進了院子，就見那隻不知道是叫傻傻還是叫丁丁的細犬站在槐樹下，盯著屋子裡看。

索羅定走到屋門口，就見白曉月翻箱倒櫃不知道找什麼呢，神情沮喪還有些著急。想了想，索羅定覺得這姑娘神經兮兮的，目前心情看似也不好，還是不要惹她。

他剛一轉身，就聽到白曉月喊了一聲，「你回來啦？」

索羅定趕忙擠出一個笑臉，回頭，「是啊……」

白曉月走出來，「你有沒有看到……」

說著，白曉月突然不說話了，盯著索羅定手裡的那堆紙片看。

索羅定低頭看了看，「那什麼……」

他話還沒說完，白曉月抬起頭看了他一眼。

索羅定驚得往後撤了一步。這丫頭怎麼眼淚汪汪的……受什麼刺激了？

白曉月伸手抹了把眼睛，進屋，關門。

索羅定看著兩扇「砰」一聲關住的大門，呆站著也不知道該如何反應——這姑娘是不是吃什麼髒東西了？

雖然一頭霧水，不過本著好男不和女鬥、女人不可理喻的基本原則，索羅定轉身準備回房間洗洗睡了。

剛走到院子中間，就聽後頭房門開的聲音，索羅定一回頭，好傢伙！趕緊閃邊……硯臺和毛筆飛了出來，「啪嚓」一聲砸到他腳邊。

索羅定和細犬一起看了看硯臺，又抬頭看了看白曉月，就看到大門再次「砰」一聲關上，一人一狗愣了良久，眨眨眼——神情動作高度統一。

良久，索羅定蹲下身撿起硯臺和筆，有些不明白怎麼回事。摸了摸細犬的腦袋，他轉身出門，剛到門口，就聽到一些聲音。

索羅定轉頭望，只見不遠處的九曲橋上站著幾個男生，看衣服應該是書院的長衫沒錯，做工考究，淡灰色銀色暗紋。

三個男的其中一個是唐星治，還有一個看似是胡開，另一個是個書生，叫石明亮。三人正笑呢，還朝他這邊看。

見他望過來，唐星治挑了挑嘴角，略帶挑釁的對他一揚眉，得意洋洋帶著兩人走了。

那兩人邊走還邊回頭看他，那眼神像是警告他——識時務者為俊傑。

索羅定一手拿著硯臺和筆，一手拿著撕爛的畫紙，大概明白了是怎麼回事。

「你準備怎麼應對？」

索羅定一驚。身後，程子謙冒了出來，跟從地裡長出來似的。

索羅定朝他看了一會兒，開口，「哪裡有紙啊？」

◇　◇　◇

傍晚的時候，白曉月連飯都沒吃，坐在屋子裡生悶氣。這時候，就聽到門口有「叮叮咚咚」的銀鐘聲響。她也不理會，不過那鐘一直不停的響，她覺得煩了，跑出去打開門……一看，院子裡什麼人都沒有。

不過白曉月站在屋門口定住了。就見對著大門的院牆上，貼了老大老大一張畫像，畫的是自己的全身像，還是彩色的，很精緻。

畫像旁邊寫著老難看的幾個字，倒是沒寫錯——白曉月，大美人。

落款更有趣——畫了一排認錯的小人兒，神情和索羅定很像，還吐著舌頭。

白曉月看了好一會兒，嘴角不自覺翹起來，趕忙伸手按住，咳嗽一聲，淡定的走向前。她輕輕揭下畫像，折起來收屋裡去了，這次有小心放好。隨後，白曉月換了身花裙子，甩著袖子出去吃飯，心情好，肚子餓！

◇　◇　◇

「叮，叮叮，叮叮叮……」

「叮個頭啊，有完沒完！」索羅定躺在床上翻了個身，拿枕頭罩住頭。

話說傍晚那會兒，他哄樂了白曉月之後，跑去馬場騎了會兒馬，天一黑就回來睡覺。可剛睡著，就聽到外頭撥弄琴弦的聲音，吵得他想拆房子。

誰那麼缺德？！大半夜彈琴……而且問題是，索羅定覺得在彈琴的還不只一個人，四面八方都有琴聲傳來，那個亂啊！

大概又過了半個時辰，覺得腦袋快炸開的索羅定終於忍不住了，爬起來踹開房門，到院子裡轉了一圈，發現樂聲是從外面傳來的。

「子謙。」索羅定喊了一聲，然後默默的從一數到五。

果然，就見院門口，正整理手稿的程子謙顛顛的跑進來。

「你還沒睡？你不是每天日落就睡、日出就起的嗎？今天怎麼了，認床啊？」

索羅定掏著耳朵抱怨，「魔音灌耳怎麼睡啊？誰那麼缺德，大半夜彈琴還彈那麼難聽！」

程子謙愣了愣，就笑了，「那你可得好好適應適應，這前後左右好幾家書院呢，可能學生白天學了琴，晚上練琴呢。」

「不是吧，怎麼白天不練？」

「這你就不懂了。」程子謙刷刷翻起自己那份厚厚的資料簿，翻到某一頁，「根據我的統計呢，書院裡男追女最好的法子，就是午夜時分來個月下彈奏。」

「彈屁！比彈棉花還難聽，招姑娘還是招女鬼？」索羅定睡不著心情不好，到院子裡架著腿坐下，「要彈到什麼時辰？」

「哦，這就難說了。」程子謙搖頭，「你也知道，上東華街來唸書的不是大富大貴公子哥就是有錢人家千金小姐，這些人白天也不用幹什麼，唯一的體力活就是寫寫字彈彈琴，最了不得遊個湖撲個蝶什麼的，很閒啊，說不定彈整晚明天睡一天。」

程子謙說完，就見索羅定下巴都快掉地上了。

「唉……」程子謙嘆了口氣，伸手一拍他的肩膀，「老索，不是我說你，你年紀輕輕，作息怎麼能跟那些老農一樣呢？也該好好浪一下，趁著黑燈瞎火出去釣個妹子什麼的。你想啊，反正全皇城的人都把你說成十惡不赦的大流氓，你還那麼矜持守身如玉早睡早起，多虧啊……」

程子謙還沒說完，就見索羅定脫下木拖鞋就要抽他，趕緊跑了。

索羅定剛穿上鞋，程子謙扒著院門又探頭回來，問他，「吃不吃宵夜？」

索羅定想了想，反正也睡不著，還真有點餓了，不如出去祭祭五臟廟，最好能碰到那幾個彈棉花的，把琴弦都扯斷了，看他們怎麼彈！

◇　◇　◇

換了雙鞋，索羅定和程子謙吃宵夜去了。

出了曉風書院，索羅定才發現可能自己真的睡太早了，敢情這條東華街晚上比白天還熱鬧呢，而且滿大街都是年輕人，估計全皇城的小情侶都上這兒來玩了。

索羅定走兩步看到一間琴鋪，就知道這琴聲鐵定一時半會兒停不了了，因為買琴的人多得跟早晨買包子的人有一拚。

「這家吧。」程子謙指著一家挺體面的茶樓。

雖然天色已黑，不過四周燈光亮堂，索羅定立刻捕捉到了程子謙嘴角那一抹似隱似現、唯恐天下不亂的笑容。

「慢著。」索羅定一把抓住他後頸領子，「為什麼去這家？」

「這家東西好吃囉。」程子謙翻資料簿順便報菜名。

只是他菜名還沒有報幾個，就見索羅定望著二樓拐角敞開的窗戶，一臉的了然。

只見在二樓窗邊，一人正喝酒賞月呢。索羅定一眼就認出來了，是今天下午跟唐星治在一起的那個書生，好像是江南第一才子，石明亮……

索羅定斜眼看程子謙。

程子謙嘿嘿樂調侃，「你不會忍了吧？人家可招惹你了。」

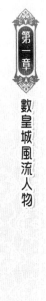

索羅定似乎有些不解，「他怎麼招惹我了？」

「他撕了你的畫啊。」程子謙提醒，「才下午的事就忘了？」

索羅定挑起一邊嘴角，「那畫我送給白曉月了，畫上的人也是白曉月，確切的說，他撕的是白曉月的畫。」

「你的意思是這事你忍了？」程子謙伸手摸索羅定的腦門，「發燒了？」

索羅定拍開他的手，「換個地方，看到這批皇親國戚酸腐儒生我吃不下東西去。」

程子謙跟著他繼續往前走，邊還好奇問，「那你幹嘛畫一幅畫給白曉月？」

「她不開心就哄哄她囉。」索羅定一攤手，「拍夫子馬屁總沒錯。」

「我還當你準備跟六皇子拚一拚呢。」程子謙似乎覺得掃興。

「拚什麼？」索羅定納悶。

「他中意白曉月啊！吃醋才撕畫的。」程子謙癟嘴，「我還當你準備跟他搶呢。」

「你那條八卦最好改改。」索羅定抱著胳膊，邊走邊搖頭，「唐星治哪裡中意白曉月了？」

「這是全皇城都知道的事吧？！」程子謙見索羅定懷疑他的八卦可信度，立馬認真起來。

索羅定站定，不知道是不是睏了，眼睛瞇著，不怎麼贊成的看著程子謙，「我問你。」

「問什麼？」

「你要是很中意一個姑娘，中意得全皇城的人都知道了，你會去撕一張畫得跟她很像、她又很喜歡、還寫了她名字的畫像嗎？」

程子謙愣了愣。

「他要是真喜歡她，偷走了畫像就該悄悄裱起來，塞在枕頭底下每晚上枕著入睡。」索羅定單手扠腰掏了掏耳朵，漫不經心來了一句，「你以後八卦之前仔細考證一下唄。」

聽了索羅定的話，程子謙驚訝的張大嘴。

索羅定見他的表情像張大了嘴準備接銅板的金蟾似的，皺眉問道，「走不走？」

程子謙仍是張大了嘴看著他，隨後又望前方，但腳步依然沒動。

索羅定滿腹狐疑一回頭，就見在自己眼前不到兩步的地方，唐星治、白曉月還有白曉風站在那裡，也不知道站了多久了。

此時，三人的神情也挺精彩的。

白曉月站在最前面，手裡抱著把九弦琴，驚訝的看著索羅定；身邊唐星治一張臉通紅；身後白曉風佯裝看著別處風景，什麼都沒聽到，順便送給街邊偷偷看他的幾個姑娘一個淡淡微笑，引來驚叫連連。

索羅定估計是剛才自己嘴快被聽到了，哎呀，真是巧了。他想讓程子謙幫忙打個圓場，可是一轉頭……剛剛眼前活生生的程子謙消失了，就剩下空空的地面。這小子鑽地底下去了嗎？跑得比兔子還快。

索羅定嘴角抽了抽，實在忍不住咬牙切齒蹦出一聲，「臭小子啊！」

「索羅定，你也來吃宵夜？」

這時，白曉月抱著琴朝他走過來，倒是打破了尷尬。

身後白曉風適時舉步，卻突然停了下來。

此時，白曉月剛到索羅定跟前，索羅定突然一把抓住了她的胳膊。白曉月一驚，索羅定的手好大呀，抓住她之後帶著她往後撤了一步……

同時，索羅定側身伸出一隻手，接住了從天而降的一只酒杯，手一翻……酒杯朝上，又穩穩接住了落下來的一串酒水，輕輕晃了晃，酒水沒溢出來。

索羅定托著白曉月扶她站穩。白曉月抬頭，覺得面燙，眼前只有索羅定的胸口，還有寬厚的肩膀……

索羅定正不急不慢抬起頭。白曉月看著他的下巴和脖頸構成的硬朗弧度，這種感覺就像是古樸的石雕一樣……當初剛從河水裡被撈起來的時候，她就是看到這個下巴。

順著索羅定的視線，白曉月又看到了二樓上，目瞪口呆趴在窗邊的石明亮。

原來眾人正好走到了二樓石明亮喝酒的那個窗臺下面，石明亮想幫著唐星治出頭整治索羅定，所以佯裝手滑杯子掉了。可沒想到正巧白曉月走過來，而且索羅定身手太好，不僅沒受傷、沒被酒潑一身，還來了個英雄救美。

索羅定拿著酒杯，看了石明亮一眼……

索羅定可是武將，這一眼帶著幾分殺氣，看得石明亮腿一軟差點一屁股坐在地上。

搖了搖頭，索羅定覺得還是沒法跟連隻雞都抓不住的書生計較。

白曉風也抬頭看了一眼，摸了摸鼻子，看來已經鬧僵了啊！

白曉風他們原本就是一起出門的，白曉月也不知道為什麼突然說要買張新琴，他和唐星治就陪著她去，回來時老遠看到索羅定和程子謙在樓下說話。

所謂無巧不成書，剛到身邊想打個招呼，就聽到索羅定那番「撕畫」言論，唐星治就差挖個地道鑽進去了。

白曉風倒是暗暗點了點頭——索羅定說的一點都沒錯。

唐星治喜歡白曉月，不過是因為白曉月漂亮、或者因為追到她很有面子，因為她出了名的難接近。再說了……白曉月那點心思別人不清楚，他可知曉。自當年落水被救上來之後，她就生人勿近了，雖然他也不知道自己妹子究竟在等誰，不過，他確定唐星治之流是絕難入她眼，更別說入她心底了。

「我……手滑了一下，曉月，沒受傷吧？」

石明亮一句話，把還傻呵呵盯著索羅定的脖子和下巴發呆的白曉月驚醒了。

「啊？」白曉月有些侷促，不過大家都以為她只是嚇呆了，沒往別處想。

唐星治趕緊跑過來關心，「沒受傷吧？」他有些不滿的看索羅定，似乎嫌對方粗魯……不過就算沒剛才那一下，唐星治估計也是徹頭徹尾恨上索羅定了。

索羅定覺得……全都是那些彈琴的人的錯！要不是他們，自己現在已經跟周公喝酒推牌九去了！

白曉風走上來幾步邀請，「索將軍，一起上去喝一杯吧？」

「就是啊。」石明亮不愧是第一才子，也是見過些世面的，立刻恢復了自在，在樓上說，「順便將那杯子帶上來。」

「杯子已經沒用了。」索羅定淡淡一笑，「碎了。」

說完，他一鬆手……就見一陣風過，白色的瓷灰從索羅定的手心裡被吹起，隨風而散。

石明亮下意識的嚥了一口唾沫，腿肚子有些抽筋。

索羅定拍了拍手上的白色灰末，懶洋洋抱著胳膊轉身，「不吃了，幹別的事情去。」

「這麼晚了，你幹什麼去？」白曉月不解的問了一聲。

「嗯……」索羅定摸著下巴認真想了想，「所謂有仇不報非君子，老子回去做君子。」說完，溜溜達達走了。

眾人面面相覷。

唐星治就笑著對白曉月說，「這個索羅定，怪怪的哦？」

「是有點，嘿。」白曉月見索羅定三兩步晃沒影了，似乎也沒怎麼在意，含笑進樓去了。

唐星治看著白曉月的笑容。這姑娘笑起來特別好看，而且一笑眼眉彎彎，兩個梨渦很討喜，一看就沒什麼壞心眼，雖然有時候嘴巴刻薄了點，不好接近了點。

轉念一想，她好似也沒太在意撕畫的事情，起碼沒發脾氣。

唐星治可不知道，白曉月現在心情頂好，上樓的腳步都特輕快，白曉風在後頭看著她上樓都想笑——

這丫頭怎麼了？
眾人上樓剛剛坐下，點幾個精緻的點心聊了兩句，忽然，就聽到震天震地的擂鼓聲傳來，震得整條東華街都在顫。
密集的鼓點聲「咚咚，咚咚咚……」，似乎擂將軍令呢，還挺有拍子的，就是太響了。
眾人都覺得耳鼓嗡嗡響，兩邊酒樓茶館的人都跑出來望，捂著耳朵循聲望去。
就見在街尾曉風書院最高的那座藏書閣的屋頂，不知何時架了一面巨大的戰鼓，白色的鼓面前方，一個黑影挽著袖子。
索羅定正擂鼓呢，那個吵啊！
「哎呀！這瘋子幹嘛！」
「好吵啊！」
索羅定一面擂鼓，一面還唱呢，「你們不讓老子睡覺，老子不讓你們彈琴，看誰耗得過誰！」
沒一會兒，整條東華街上的人都跑光了。
索羅定停下，側耳聽了聽——萬籟俱寂！
感慨終於安靜了，索羅定仰起臉看了看頭頂鼓面一樣的月亮，一扔鼓槌，睡覺！
「這個索羅定，是不是真的有瘋病？」
「真可怕啊……」

酒樓裡所有的人，除了被戰鼓震暈嚇跑的才子佳人之外，都圍在桌邊討論。

只有白曉月，雙手托著下巴趴在窗邊，望著遠處屋頂上的那面戰鼓，笑咪咪。

第二章

要嘛醜聞要嘛緋聞
要嘛臭美要嘛很美

天剛濛濛亮，白曉月就被一陣古怪的風聲吵醒。

睜開眼睛，她將蒙著半個面的錦被稍稍拉下來一點點，側耳聽了聽，的確像是風聲——呼呼呼的，不過又好似不是平日能聽到的東南西北風，那些風都是嗚嗚嗚的。

仰起臉，白曉月看著床頂的雕花，邊琢磨這是什麼聲音，等她想明白之後，突然坐了起來。

她掀被下床，披了外衣，鞋沒穿好就著急忙往外跑，出門下臺階的時候還丟了一隻鞋，單腳蹦了兩下回去勾住鞋，三兩步跑到院門口……

果然！聲音是從隔壁的院子裡傳出來的。

白曉月跑到院門口往裡望了一眼，立刻，嘴角微微翹起了一點弧度，眼睛也瞇瞇的彎了起來。

隔壁是索羅定的院子。

此時天剛濛濛亮，院子裡，索羅定手裡掄著一柄長刀，正練功呢。

白曉月站在月形院門的後面，看著。

索羅定昨天成功制止了擾人清夢的琴聲，飽飽睡了個好覺，一大早起來自然要舒展筋骨練練刀法，只可惜這小院子裡施展不開，一會兒還要上早課，騎馬只能等到傍晚了。

白曉月從來沒見人真正練過功夫，她大哥偶爾也會練練劍，不過不及索羅定這種霸氣的練法。

別看索羅定身材挺魁梧，但是身法極快，跟會飛似的，那刀揮得行雲流水，比那些戲文裡武生們擺姿勢的打法可好看多了。

正看得專心呢，就聽耳邊有人問，「起這麼早啊？怎麼連頭都不梳就跑出來？」

白曉月一驚，回頭一看發現是白曉風，立馬一張臉通紅。

白曉風倒是有些意外，看了看院子裡正練功的索羅定，微微瞇起眼睛回頭打量自家妹子，「怎麼了？」

「沒啊……傻傻不見了，我找牠來的。」白曉月瞎掰了一個藉口。

白曉風盯著她看了半晌，伸手一指她身後。白曉月回頭，就見愛犬就在身後跟著呢，還歪著頭看她。

「哎呀，傻傻你在這裡啊，找你半天！」白曉月趕緊牽著狗就跑了，回去忙著梳頭，想起來還有件重要的事情要做。

白曉風見白曉月跑了，覺得有些有趣，他妹子從昨天開始就怪怪的。

院子裡，索羅定自然聽到門口兄妹倆的對話，也沒在意，繼續練刀。

白曉風看了一會兒，暗暗點頭——索羅定不愧是王朝第一猛將，好功夫，好刀法，好氣勢。

直到練過了癮，索羅定收刀，抬手將刀往旁邊的刀架子上一扔，對著門口問道，「你們兄妹倆起得挺早啊。」

白曉風從院門外走了進來，微微一笑，「索將軍起得更早。」

索羅定一聳肩，「習慣了。」

白曉風也不見外，走到架子邊，看索羅定那把長刀。

這刀外形和當年關二爺的青龍偃月刀有些接近，通體黑色，像是玄鐵打造的。白曉風單手將刀拿起來掂量了一下，揮了一個圈——果然是好刀。
將刀放回架子上，白曉風回頭，就見索羅定洗了臉，正抱著胳膊有些意外的看著他。
白曉風微微一笑，提醒他，「早課別遲到。」說完，慢悠悠走了。
索羅定看了一眼白曉風出院子的背影，淡淡一笑——原來這白曉風深藏不露，自己那把刀分量不輕，一般書生可能都未必扛得起來，但白曉風輕輕鬆鬆單手拿起來還掄了個圈，這人根本就會功夫，只是外界知道的人應該不多。
不過索羅定倒是覺得沒什麼，會功夫總比不會功夫好……不理會那麼多，先吃早飯再說。
他才走出院子，遠遠就看到一個小丫頭捧著一碟兩個包子跑了過來。
「索將軍，早飯。」
索羅定看了看她，問，「包子什麼餡兒的？」
「豬肉白菜的。」小丫頭回答，戰戰兢兢的，「因為不知道將軍想吃什麼，所以和我們吃一樣的……」
索羅定似乎興趣不大，那包子也太小了，吃多少個才能飽？就問，「只有包子？」
「還有粥。」小丫鬟縮在一旁，心說這索羅定會不會發起火來一掌拍死自己啊？
索羅定嘴角抽了抽——粥更吃不飽了，要死！所以不能跟書生們住在一起，這不遲早得餓成人乾兒。
「我出去吃吧。」索羅定背著手就要往外走。
「外頭的早點鋪子都還沒開呢，要走好遠到集市才有吃的。」小丫頭見索羅定沒發脾氣，就仗著膽子說，「要不然將軍今天多吃幾個包子，您要吃什麼告訴我，明兒一早我讓廚娘給您做。」

索羅定看著包子皺皺眉頭，像是小朋友要吃的，嘟囔了一句，「我早上喜歡吃麵，湯麵。包子吃不飽，還乾！」

「吃麵啊……」小丫鬟讓他的表情逗樂了，這人挺和氣的啊，還挺可愛呢！就道，「我一會兒告訴廚娘，明早就有了。」

「嗯……」索羅定又看了看包子，道，「要不然妳吃吧，我上廚房看看有沒有別的。」

「將軍想吃什麼，我給您去拿吧？」

「有手有腳自己去就行了，說來說去多麻煩。」索羅定示意小丫鬟忙去吧不用理自己，就背著手溜達去廚房了。

小丫鬟覺得索羅定還挺好伺候的，原以為大將軍多挑剔呢，敢情早晨就吃麵啊，還會自己去廚房找吃的，比那幾個錦衣玉食的皇子好伺候多了。

低頭看看盤子裡的兩個包子，她自己吃一個，邊往外走，在院門口看到了她家二小姐那條漂亮的細犬，小丫頭就蹲下身拿另外一個包子餵牠，邊笑嘻嘻逗牠，「好吃吧？是索將軍給你的呢。」

於是，天還沒大亮，皇城迎來了今早的第一條八卦……

「聽說了嗎？」

「哈啊？」街坊們打著哈欠。

「今早索羅定把廚房特意給他做的肉包子扔地上餵狗了！」
「作孽啊，這什麼人啊！」
「嘖。」

◇◇◇

索羅定跑到廚房門口，心說跟廚娘說兩句好話煮個麵總行吧。還沒進門，就看到程子謙叼著個肉包子、整理著新寫好的手稿慢悠悠走出來。
程子謙抬頭看到索羅定了，拿下口中的包子問他，「上這兒來幹嘛？」
索羅定抱著胳膊，往廚房裡張望，「廚娘在不在？」
「你來八卦啊？」程子謙鬱悶搖頭，「沒用的，我問了好久了，廚娘也不知道白曉月的夢中情人是誰。」
索羅定有些無語的看他，「找廚娘當然是要吃的，只有你才會找她要八卦。」
「她回去了喔。」程子謙一句話，恰似一盆冷水澆頭。
索羅定一臉失望，「不是吧？擅離職守？」
「人家是廚娘，又不是軍營的伙夫，早中晚三餐來煮飯而已，平時還要回家帶孩子呢。」說完，程子謙繼續叼著包子往外跑了。

索羅定嘆了口氣，考慮要不然還是吃包子去吧……正掃興，從廚房裡飄出了一股香味。索羅定摸了摸鼻子，像是在煮牛肉麵啊！他快步走進去，就見灶臺前一個白色的身影正忙碌著。

看身段似乎是白曉月，索羅定有些不明白，她不是千金小姐嗎？怎麼還下廚？

這時，白曉月正將熱騰騰的麵從鍋裡撈出來，倒上牛肉澆頭，還細心的放了蔥花、花生米、蛋皮什麼的。索羅定覺得肚子咕咕叫。

白曉月這會兒正好回頭，一眼看到索羅定了，很嚴肅的問，「你吃不吃麵啊？」

索羅定一愣，看看身後，沒人！回頭問，「我？」

「嗯……我突然想吃麵，不過煮多了。」白曉月說著，捧著那藍邊的大大碗公、滿滿一碗香噴噴熱騰騰的牛肉麵。「你吃嗎？」

「吃。」索羅定心情大好，過去接了碗，就看到大碗邊還有一個小碗，裡面是清粥小菜。

索羅定看了看粥裡頭還有蓮子和薏米，好奇，「這是什麼？」

「嗯……我做好牛肉麵之後突然不想吃了。」白曉月捧著粥碗到一旁的桌邊坐下，拿了幾樣清淡的小菜下粥吃。

索羅定看了看自己碗裡的麵，又看了看正拿著勺子銀筷、斯斯文文特講究的喝粥的白曉月。

走到桌邊坐下，索羅定突然問她，「麵妳特地給我做的啊？」

「咳咳……」白曉月被粥嗆到了，邊拍胸口邊說，「做多了！」神情特認真。
索羅定笑著點頭，「哦，做多了啊。」
也沒多說別的，他呼嚕嚕一口麵吃下去，拍桌子挑大拇指讚，「好吃！」
「那是，煮牛肉是大娘的招牌菜。」白曉月頗為得意的嘟囔了一句。
「是喔？火候很夠啊，起碼燉了幾個時辰。」索羅定對牛肉還挺有研究。
「豈止啊，昨天燉了一天了，好牛肉來著。」
「妳昨天就想吃麵啊？」
「是啊！」白曉月堅決點頭。
索羅定搖著頭笑不停。
白曉月邊喝粥邊瞟了他一眼。索羅定笑起來，從鼻翼邊到嘴角兩側，會有兩條淡淡的笑紋。
低頭悶悶吃粥，白曉月盯著粥碗，這時，就見一塊牛肉夾過來放在碗裡。她抬頭瞧。
索羅定已經風捲殘雲將麵湯都喝了，放下麵碗，單手靠著桌子歪頭瞧她，「多謝。」
白曉月抿著嘴擺擺手，「順便。」
索羅了然的點頭，「順便哪。」
「別忘了磨墨。」白曉月佯裝很嚴厲的叮囑。
索羅定邊往外跑邊點頭，「遵命，小夫子！」

白曉月心滿意足繼續吃粥，邊咬了一口牛肉——果然好吃！索羅定不說髒話、不和自己作對的時候，還挺好相處。

◇　◇　◇

早課前，皇城的百姓基本上也都開始忙碌了，上街買菜的、早起開工的，眾人都聽到了今日的第二單八卦——還是兩個版本！

第一個版本是說，索羅定搶了白曉月的麵吃。

第二個版本是說，白曉月起早給索羅定煮了一碗麵吃。

一石激起三層浪，如果第一個版本是真的，那麼索羅定竟然敢欺負白曉月，簡直不可原諒！可如果第二個版本是真的，那索羅定更不可原諒了，誰不知道白曉月出了名的不好相處、不好接近，竟然為索羅定洗手做羹？！別說煮麵了，就算盛碗湯都是莫大的榮耀。

於是，大清早的，整個皇城的人都為這個問題糾結開了。

程子謙剛出書院大門，就被一個大內高手抓住，扛進了皇宮。

皇上認真叮囑他，「千萬要查清楚，究竟是白曉月給索羅定煮麵，還是索羅定搶了白曉月的麵，十萬火急！」

「啊噓！」正認真磨墨的索羅定揉了揉鼻子——打第二個噴嚏了！昨天已經夠倒楣，今天不會更倒楣吧？早上起來挺順的啊！

◇　◇　◇

「叮叮叮！」

早課鐘聲響了三下，程子謙站在曉風書院正院的海棠齋門前，記錄陸續走進書齋的學生。

最早到的是石明亮和葛範。

石明亮是大才子，清高孤傲目空一切，見到程子謙也沒行禮，就這麼昂首挺胸進了院。

葛範是船王之子，不過人倒不是很少爺的感覺，挺隨和，對程子謙點了點頭。

之後來的是三位姑娘。

走在最前面的是七公主唐月嫣，一見到程子謙，就笑咪咪的對他行了個禮，還甜孜孜叫了一聲，「子謙夫子早。」

程子謙趕緊回禮。都說七公主人見人愛，果然討喜。

唐月嫣身後，並肩走來的兩個姑娘樣貌都比較普通。

一個很素淨，書卷氣十足，看到程子謙也恭敬行禮，是大才女夏敏。另一個微胖，圓圓的臉蛋長得很有福氣，是富家千金元寶寶，看著就挺像個元寶，對子謙也是和善一禮。

緊接著來的是六皇子唐星治和他的好兄弟胡開。

唐星治年紀還輕，幾個皇子裡面他一定不是最能幹的，但絕對最得寵的。程子謙其實對他印象還不錯，不過唐星治可能因為昨晚上的事情還在尷尬，匆匆對程子謙點了點頭就進書齋了。

胡開是小王爺，身分也很尊貴，看到程子謙後眉梢一挑，算是打了招呼，有些吊兒郎當。

之後進來的是唐月茹。

三公主不愧是皇朝第一美人，漂亮又端莊，程子謙暗暗點頭。

從外型上，她和白曉風其實最般配。只可惜……紅顏薄命，如今在皇宮之中這位公主的地位極尷尬，後宮都容不下她了，一個人獨居在皇城外面的別院裡，若不是當今聖上念及舊情十分疼愛她，估計大家都不記得還有她這麼個公主。

唐月茹給程子謙行了個禮，點點頭就進去了，一貫的冷冰冰不說話。

程子謙摸了摸下巴——拿著紙筆繼續記錄。

「你這麼一直寫，不會寫到吐嗎？」

和書院的閒雅肅靜完全不搭的腔調，說得程子謙嘆了口氣，仰起臉瞄一眼，索羅定正拿著個硯臺邊走邊磨墨。

程子謙趕緊湊上前，問道：「哎，今早白曉月給你煮麵了？」

索羅定被問得一愣，皺眉看著他，「你是有多閒，爺早晨吃什麼都要管？」

「十萬火急！」程子謙伸手做了個捂脖子的動作，「說啊！事關我身家性命！」

索羅定想了想，一挑眉，「我自己做的。」

「哈？」程子謙歪頭，不解，「你自己做的？」

「對啊。」索羅定無所謂的一聳肩，「那丫頭剛好進來而已。」說完，溜達走了。

程子謙半信半疑，不過還是拿筆記錄。這會兒正好後頭白曉月急匆匆跑進來了，一眼瞧見前面索羅定已經進海棠齋了，鬆了口氣，還好沒遲到。

她對程子謙瞇眼一笑，也小跑著進去了。

早課正式開始前，書院外頭又傳開了。

「真相出來了知道嗎？」

「什麼真相？」

「索羅定早上那碗麵根本不是白曉月做的，是他自個兒整的。」

「哦……原來是這麼回事，就說呢，白曉月怎麼可能看上那蠻子？」

「說不定是那蠻子癩蛤蟆想吃天鵝肉，到處顯擺造謠。」

「也對！」

◇　◇　◇

「嗡嗡嗡……」

海棠齋裡，索羅定坐了大概有半個時辰，就覺得手麻腳麻腰痠背痛，耳邊還有一千隻大小蒼蠅在打轉，搞得他頭昏眼花。

據說每日早課之前都要晨讀半個時辰，等讀完了，白曉風才過來授課。

身邊眾人都自顧自唸書，聽得索羅定就想掀桌。

白曉月在他後頭坐著，看到索羅定跟長蝨子了似的抓耳撓腮動來動去，好半天一頁書都沒翻過。最後見索羅定已經開始點頭犯睏了，白曉月趕忙伸出尖尖的手指頭，戳了他的背一下。

索羅定伸手揉了揉背，晃晃頭，就低頭繼續打瞌睡。

白曉月這個急啊！

這會兒，就看到海棠齋門口，白曉風慢悠悠的走進來了。

「夫子來了。」元寶寶小聲說了一句，眾人趕緊坐直，擺出認真姿態來，唯獨索羅定還犯睏呢。

白曉月那個恨啊！她伸出兩根指頭，掐著索羅定後背的肉用力擰了一下。

「他娘的，蚊子！」

索羅定嗓門響，白曉風剛好踏進門檻，就聽到他這句話。

白曉月紅著臉瞪那人的後背，其他人都忍笑。

索羅定可算醒了，伸了個大大的懶腰，一轉頭看到了門口的白曉風，望天翻了個白眼，心說可算來了，扭回頭繼續揉脖子。

眾學生面面相覷，都等著看好戲——白曉風會不會惱了？

可白曉風好似沒瞧見，徑直往裡走。

索羅定還想動彈呢，就感覺身後又被人擰了一下，有些不解的回頭。

白曉月瞪了他一眼，「坐好，不准動！」

索羅定嘴角抽了抽——連動都不讓動啊？比軍規還嚴……不就幾個書生嗎？裝什麼大瓣兒蒜。

「咳。」白曉風往最前面一站，背著手看了看眾人。

每個學生都坐得很正，只有索羅定歪著半邊身子，單手托著下巴，還架著腿，一手慢悠悠的磨墨，身後白曉月就急得直嘬嘴！

白曉風微微笑了笑，「今日第一堂，你們自個兒寫點兒東西，我看看你們的底。」

眾人都點頭。

「嗯……」白曉風伸手輕輕摸了摸下巴，然後優雅一指滿園盛開的海棠，「就以這海棠為題，隨便寫點吧，詩詞可、文章亦可。」

索羅定聽後，忍不住嘴角抽了抽——這他娘的書呆子就是撐得慌，滿院子海棠花有什麼好寫的？話又說回來，原來海棠花長這樣啊……以前總聽人說海棠海棠，沒分清楚過。

「你們慢慢寫，我半個時辰後回來。」白曉風還挺不負責任，扔下個題，就晃悠出去了。

等夫子一走，眾人就窸窸窣窣討論開。

元寶寶拿著紙筆跑過去和夏敏一塊兒坐。「敏敏，怎麼寫啊？」

夏敏似乎和她交情不錯，就小聲教起她來。

唐月嫣托著下巴歪著頭在想要怎樣寫，唐月茹默默低著頭已經開始動筆了。

男生那邊，唐星治、胡開和葛範都將自己眼前的宣紙遞給了石明亮，石明亮刷刷寫得飛快，看來文思泉湧。

索羅定打了個哈欠，感覺身後有人戳自己，就回頭看。

白曉月拿著毛筆，挺擔心的問他，「你準備寫什麼？」

索羅定眨眨眼，不解，「什麼？」

「你不是還沒睡醒吧？」白曉月皺眉，「我哥出的題啊！」

「哦……」索羅定點頭，「不就海棠嗎？」

「你準備寫什麼？五言還是七絕？散文還是詞賦？」

索羅定就覺得那一群蒼蠅又回來了，張了張嘴，「寫個對子成不成？」

白曉月一驚，張大嘴，「對子？」

「不是寫什麼都行的嗎？就寫個滿園海棠紅又紅……」索羅定就要下筆。

「不准！」白曉月一把揪住他，瞇著眼睛瞪他，「好歹五言來一篇！」

「五言？這個更容易了！」索羅定似乎信心滿滿，大筆一揮，寫完！

「寫完了？」白曉月納悶。

「嗯。」索羅定伸懶腰，「我能不能出去溜一圈半個時辰後再回來？這麼坐下去非坐出痔瘡來不可。」

白曉月拿毛筆抽他，「粗俗！」

索羅定張大嘴，心說痔瘡有什麼粗俗的？

「我看看你寫的。」白曉月伸手。

索羅定將剛寫的「五言」藏起來。

「我是你夫子！」白曉月板起臉。

索羅定一臉不贊成，「妳不是教禮儀的嗎？」

白曉月生氣，抓住他的袖子，「給我看！」

索羅定就不給。

兩人這邊廂鬧，一旁唐星治可看得磨牙。

胡開湊過去低聲說，「聽說今早索羅定還讓曉月給他煮麵。」

唐星治眉頭又皺起了幾分。

最後，白曉月總算搶到了那張紙，打開一看，就見裡面寫著五個很醜的字——海棠花不錯。

白曉月眨眨眼，翻來覆去看半天，「五言呢？」

索羅定戳戳那句話，「正好五言！」

白曉月捲起宣紙就抽他，「起碼四句，你就一句算什麼五言絕句！」

「絕句不是一句要幾句？」索羅定還不服氣。

「笨死了你！」白曉月跟他說不清楚，繼續拿著宣紙抽他。「再想三句。還有啊，什麼叫海棠花不錯？句式都沒有！」

索羅定拿著紙一頭霧水，回頭，就看到周圍好些人都在笑他。

唐星治等人剛才聽到他一句「海棠花不錯」都噴了，元寶寶捂著嘴笑得直顫，門外程子謙低著頭坐在一個石頭墩子上，搖頭——索羅定那個文盲啊！

索羅定抱著胳膊更鬧心，還要三句？想了想，他又見院子裡幾朵粉色的小花沾了露水挺新鮮的，就加了句：野花也挺好。

白曉月在後頭扶額。

一旁胡開看到了，笑著捶桌。

這會兒眾人都沒什麼心思寫自己的了，好奇索羅定第三句要寫什麼。

索羅定托著下巴想了半天，第三句寫什麼好呢？

這時候，傻傻不知何時溜達到了海棠齋的院子裡，大概是喜歡熱鬧，就趴在程子謙腳邊，看書房裡的白曉月，似乎也有看索羅定，還搖尾巴了。

索羅定一看，詩興大發，寫了第三句：狗兒尾巴搖。

白曉月捂臉。

其他人都已經忍不住笑了，都迫不及待想看一會兒白曉風看到這詩後時的反應，估計索羅定要從《三字經》開始背起了。

第四句嗎……

索羅定托著下巴，抖著膝蓋半靠在書桌邊打著瞌睡，反正還有半個時辰呢，總會想到的。

這時，石明亮已經寫完了四份，將其他三份分給他的三個兄弟，唐星治他們就開始抄寫。

石明亮見索羅定瞧著他們，微微一笑，問，「要不要幫你也寫一份？」

索羅定身後，白曉月皺著眉。

索羅定打了個哈欠，出人意料的一擺手，「免了吧。」

胡開笑了一聲，「索將軍沒文人的才情，倒是有文人的清高。」

白曉月在後頭聽著不高興，一旁唐星治和葛範都笑了。

索羅定托著下巴瞧了瞧他們四個，似乎想說什麼，不過後來又懶得說了，繼續打哈欠。

這時候，坐在索羅定前面的夏敏回頭看了唐星治他們幾人一眼，緩緩說著，「文人除了清高還要誠實，你們三個都是代筆，還笑別人？索將軍起碼比你們誠實。」

元寶寶輕輕拉了拉夏敏的衣袖，那意思是——不要跟他們吵架。

唐星治等人彼此對視了一眼，隨後噗嗤一聲笑開。

石明亮托著下巴看夏敏，「夏才女不是喜歡才子嗎？怎麼口味變了？還是知道自己沒勝算，先找個下家？」

夏敏一張臉漲得通紅。

一旁的唐月嫣轉回頭看熱鬧，一臉天真的甜甜笑容。前排唐月茹彷彿什麼都沒聽到，低頭繼續慢慢寫。

元寶寶瞪了石明亮一眼，「胡說什麼呢你！」

石明亮說完，看了索羅定一眼，「索將軍，清高不能當飯吃，這詩詞晾出去，可叫人笑掉大牙。」

索羅定突然點了點頭，「想到第四句了。」

眾人都一愣，就見索羅定捏著筆醜醜的寫了一行：雞鴨喳喳跳。

眾人面面相覷，索羅定的五言寫的是：

海棠花不錯，
野花也挺好。
狗兒尾巴搖，
雞鴨喳喳跳。

唸著倒是挺順，雖然沒句式。

這時候，就聽門口有人問了句，「這詩什麼名兒？」

眾人回頭，就見白曉風背著手走進來了。唐星治等人交換了個眼色，心照不宣等著看索羅定挨罵。

不料索羅定卻一抬手，大筆一揮寫上詩名——早課真熱鬧。

詩名一寫，身後白曉月忍不住笑了一聲，前面夏敏也抿了抿嘴。

石明亮臭了一張臉，憋出一句，「文不對題。」

索羅定一笑，「不對題嗎？可是應景啊。」

石明亮皺眉，「狗屁不通！」

索羅定笑得更歡實，「你咋知道狗屁不通呢？牠告訴你的？」邊說，邊指門口的俊俊。

夏敏和元寶寶相視一笑——說得好！

石明亮氣不順，跟索羅定吵架有失身分，他是流氓，自己可是才子！

白曉風伸手拿過索羅定的詩看了看，又放下，走到前面問，「都寫完了嗎？」

唐月茹和唐月嫣都放下筆，剛好寫完。

白曉月可慌了，光顧著擔心索羅定，自己什麼都沒寫，趕緊匆匆趕了闋詞。

唐星治等人也都抄完了，將石明亮的原文藏進袖子裡，抄好的擺在桌面上。

白曉風收了眾人的卷子，道，「我一會兒詳細看過，今天早課暫時到這兒。」

眾人都高興，下堂這麼早？！

白曉風拿著卷子往外走到門口，回頭跟興匆匆站起來捶著麻了的腿、準備一會兒跑回軍營去的索羅定說，「索將軍，下午讓曉月好好給你補個課。還有啊，今天背出《三字經》，明日上早課前，背給我聽。」

索羅定一驚，身邊眾人都哄笑。白曉風說完就像沒事兒人一樣的走了。石明亮站起來，幸災樂禍看了索羅定一眼，和葛範、胡開一起往外走，唐星治走在最後面，回頭看著白曉月。

索羅定有些掃興的往桌子上一坐，回頭問白曉月，「那《三字經》，好像不只三個字，是吧……」

白曉月拿眼前的宣紙捲了個紙筒，敲了索羅定好幾下。「今天不准睡覺，給我背書！」

「那騎馬呢？」索羅定苦哈哈。

白曉月一把揪住他衣領子，將人拉走了。

唐星治在一旁看著，有些酸溜溜。曉月也真熱心，幹嘛幫那蠻子補課，給他本《三字經》讓他自己背去不就得了嗎？

晌午的時候，全皇城的人都在拿索羅定取樂。

「聽說了嗎？白曉風讓索羅定背《三字經》！」

「這麼大的人了，連《三字經》都沒背過？」

「你沒聽說啊？那索羅定根本就不識字，知道他今天寫詩寫成什麼樣子了？」

「什麼樣？」

「他寫啊，海棠花兒俏，我把野花採，雞鴨魚肉好，喝酒課不上。」

「噗！」

「有辱斯文啊！」

「看來這索羅定不僅粗魯，還很蠢！」

「那可不，野人養大的嘛，跟那些公子哥兒自然沒得比。」

◇　◇　◇

曉風書院裡。

索羅定搖頭晃腦背著《三字經》，白曉月拿著戒尺站在一旁死盯著他，一偷懶就打手心。門口，程子謙搖著頭寫手稿。

這時候，元寶寶和夏敏過來探白曉月和索羅定。走到門口，見書房裡索羅定正專心背書呢，二人也不打擾，在外頭等著。

元寶寶拿了桃子給程子謙吃。夏敏拿著程子謙的手稿看了看，微微不解，「子謙大人，為何外界傳的跟你寫的都不一樣？」

程子謙咬著咬著桃子，不答，反問了句不相干的，「夏姑娘怎麼看『蠢人』這稱呼？」

元寶寶好奇，「蠢人是講人笨嗎？」

「有人就覺得蠢人是講人笨，不過當下有不少老實人也被稱作蠢人，看話是誰講的，聽的人又是怎麼想的。」程子謙咬著桃子，發現有個蛀洞，就瞇著眼睛找裡頭有沒有蟲子。

元寶寶聽得似懂非懂。

夏敏想了想，說道：「子謙大人想說，世人是因為想聽才去八卦，想說才去傳言？」

「嘖嘖。」程子謙搖了搖頭，「夏敏姑娘才智過人，不過想反了。」

夏敏不解。

「不是想聽什麼才去八卦，八卦的精髓一直都是——你想聽到什麼，八卦就會說什麼給你聽。」程子謙沒找到蟲子，就又咬了一口桃子，收起紙稿，「老索不蠢不壞不流氓，怎麼對得起期盼他蠢他壞他流氓的芸芸眾生。」

說完，他拿著吃剩下的桃核兒，溜溜達達出門去了。

傍晚的時候，索羅定那「狗屁不通」的五言絕句已經傳出了十幾個版本，全皇城的人以無限的熱情投入到五言絕句的創作當中，個個精神飽滿、油光滿面。

更離譜的是，有一家正在造房子，搭房梁的兩位仁兄手一鬆，梁柱掉下來砸死了三個人，雖然這不關索羅定的事，可傳到皇宮裡就變成了——索羅定一首歪詩，笑死三個人。

◇◇◇

此時曉風書院裡，索羅定托著下巴覺得頭昏腦脹，滿腦子都是《三字經》。

正煩著呢，一碗香噴噴熱騰騰的牛腩麵放在了手邊。

索羅定低頭，白曉月蹲在一旁抱著膝蓋，看著他。「看你背得那麼辛苦，賞你的。」

索羅定端起麵碗，問道：「順便的啊？」

「是啊！」白曉月點頭，抱著一旁的傻傻揉毛，「可順便了呢！」

索羅定呼嚕呼嚕吃麵，突然開口，「哎呀，剛剛背的好像忘記了！」

白曉月立刻搶碗，「不准吃！」

「我又想起來了！」索羅定捧著麵碗滿院子跑。「人之初心不善，新巷近西巷遠，狗不叫熊乃遷，腳趾大過你一圈！」

「索羅定，我打死你！」白曉月拿著戒尺滿院子追。

傻傻搖著尾巴，吃著索羅定抽空扔給牠的牛腩。

◇◇◇

索羅定吃掉第二碗宵夜，打著哈欠背完了整本《三字經》。

白曉月在一旁拿著戒尺，總覺得哪裡不對勁。索羅定背的《三字經》聽起來，有一股說不出是什麼地方的口音？

「性本善」吧，偏要背成「心不善」；「子不學」吧，聽著像是說「子不屑」。

不過索羅定的的確確是通篇背下來了，速度比想像中快很多。

「睏。」索羅定甚少熬夜，抱著本《三字經》，坐在桌邊倒是難得的老實，眼皮子直打架。

白曉月想了想，問道：「你睡一晚，不會明早就全部忘記了吧？」

索羅定緩緩仰起頭，反應很慢的問，「忘記什麼？」

白曉月無奈，再說下去估計直接就睡著了。「那你今晚去睡吧。」

「哦。」索羅定站起來，打著哈欠回房間睡覺去了。

白曉月眨眨眼，望著背影捧臉——好聽話！

索羅定回了屋，倒頭就睡，剛朦朦朧朧睡著，卻聽到耳邊傳來呼吸聲，睜開眼一看，一個人頭在枕邊……

「噌」一聲坐起來，索羅定覺醒了一半，仔細一看，就發現程子謙正趴在床邊，下巴靠在床沿上，盯著他看。

「有病啊你……」索羅定嘴角抽了兩下，真想對著他的臉一腳踹過去。

「老索，想不想聽個驚天大八卦？」程子謙一雙眼睛閃亮亮的，襯著漆黑的夜色，都快放綠光了。

索羅定一頭栽倒，拿被子蒙頭，「老子要跟你絕交！」

「不聽肯定會後悔！」程子謙抓著索羅定的被子一個勁晃來晃去，「真的是驚天秘聞！我沒別人可以說，悶著憋得慌。」

半晌，什麼睡意都沒了的索羅定鑽出被子，一臉嫌棄的看著程子謙，「什麼驚天秘聞？」

程子謙看了看左右，小聲說，「是關於三公主唐月茹的。」

索羅定等了半天沒下文，皺眉，問，「然後呢？」

「說出來太有爆炸性了，算了，不給你增加負擔，你早點睡……」說完，程子謙站起來走了。

不過沒等程子謙走到門口，後頭一個枕頭飛過來，不偏不倚，「砰」一聲砸中他的後腦勺。

程子謙抱著腦袋蹲地上，回頭幽幽的瞪著索羅定。

索羅定磨著牙，見過缺德的沒見過這麼缺德的！

「你要不然就別說，要不然就說完，放了屁還不讓拉屎，信不信老子塞你進茅坑裡！」

程子謙噘著牙花揉著後腦勺，「我不是為你好嗎？我好不容易才忍住的！」

索羅定翻了個身，「隨便你。」

程子謙站起來打開房門，猶豫了一下，又關上房門，快步跑到索羅定身邊，低聲說，「那什麼，前陣子麗貴妃派人查一件事情。」

索羅定愣了愣，麗貴妃他倒是知道，後宮最厲害的就是這個麗貴妃。他問，「她後宮一個娘娘，能查到什麼驚天秘密？」

「三公主的身世。」程子謙又壓低了幾分聲音。

索羅定一皺眉，蓋被蒙頭，「我不想聽了，你滾吧。」

「那怎麼行？！」程子謙感情都醞釀好了、準備揭開謎底見證奇蹟，誰料索羅定突然不想聽了，那感覺真比拉屎拉一半還辛苦。他拉著被子，要索羅定聽完謎底，激動道：「驚天大秘密啊！」

「老子才不聽，你他娘的這種皇室秘聞都打聽，遲早被人滅口。」索羅定捂著耳朵不聽。

程子謙一掀被子，對著被子裡頭索羅定的耳朵就說了一句，「唐月茹好像不是先皇親生的。」

索羅定本意真心不想聽這種東西，無奈功夫好內力高，耳力也過人，一下子聽見了，想當作沒聽見也不成了，只好回頭看著程子謙，「什麼意思？」

「麗貴妃和皇后找到當年一個伺候先皇的太監，據說月茹公主的生母岑貴妃和一個侍衛有曖昧，而且先皇似乎早就被診斷為不能生育……」

索羅定挑起眉，質疑，「什麼侍衛這麼牛，給先皇戴綠帽？」

「就是不知道那人是誰。」程子謙拍了拍他肩膀，「唉，你這回上書院不是得了皇命幫三公主的嗎？」

索羅定無語，「這你也知道？你耳朵聽到那麼多不該聽的，怎麼活到今天的？真有可能隨時被滅口。」

「你還是顧好你自己吧。」程子謙搖了搖頭，「萬一到時候爆出猛料說三公主根本不是皇親國戚，你還幫她跟七公主爭白曉風，豈不是幫倒忙？」

索羅定想了想，問道：「麗貴妃她們查這個做什麼？」

「你也知道麗貴妃和皇后疼月嫣，據傳說……」

「你怎麼那麼多傳說，沒有准信的嗎？」索羅定煩得慌。

「嘖，有准信還需要八卦嗎？」程子謙翻了個白眼，「想不想聽？」

「說。」索羅定催促。

「皇上似乎決定在明年過年之前一定要將三公主的婚事解決掉！」程子謙眨眨眼，「也就是說，到時候就算白曉風不想娶她，皇上都會賜婚。」

索羅定聽後沉默良久，抱著胳膊自言自語，「難道我要在書院睡到明年過年？！」

程子謙拿著枕頭抽他，「重點錯了！」

「皇后和麗貴妃有確切證據嗎？」索羅定問。

「這個不知道。」程子謙搖頭，瞇起眼睛，「不過我這邊是第一手資料。」

「那就等有確切消息了再說。」索羅定翻身蓋被，繼續睡。

「就這樣睡啦？」程子謙好奇。

「不睡幹嘛？管他誰戴綠帽，關我屁事。」索羅定一擺手，下逐客令。「出去的時候關門！」

程子謙摸了摸鼻子，只好跑出去了，給索羅定帶上房門剛想走，就看到院門前白色的身影一閃而過。

程子謙拿筆桿輕輕敲了敲下巴，找了塊石頭蹲下身，下筆記錄——「關於曉風書院鬧鬼的傳聞原來是真的……」

◇　◇　◇

次日天不亮，索羅定被拍門聲吵醒，心不甘情不願坐起來，垂著肩膀揉亂蓬蓬的頭毛，順便感慨一下——如果真的要等一年，那還有三百多天呢……造孽啊！

走出去開門，發現拍門的人不是催著他背書的白曉月，而是精神奕奕的程子謙。

索羅定抱著胳膊看他，「你又有八卦？」

「不是啊，我幫曉月姑娘叫你起床。」程子謙笑得頗歡實。

索羅定一臉懷疑的看著他，「她對你怎麼了，你還給她跑腿？」

程子謙拿出一篇《子謙手稿》給索羅定看，「看看！」

索羅定拿過來一看，密密麻麻都是字，還有好些朱砂批註。

「什麼東西？」

「今天的稿子。」程子謙神神秘秘，「昨晚上我在書院撞到鬼了！」

「男鬼女鬼？」索羅定嘴角一撇，「它怎麼不收了你為民除害？」

程子謙瞪他一眼，指著朱砂批註，「這是曉月姑娘看了之後幫我改的，很有才華吧？」

索羅定皺眉看——之前程子謙那一版，寫他大半夜出院子看到一個白色的身影飄過，動作奇快，似乎是個女人。而白曉月給他加了一串特誇張的描述，什麼萬籟俱寂的夜晚啊、哀怨的風聲啊、如泣如訴的月光啊……

索羅定抓頭，「月光要怎麼如泣如訴？風聲還能聽出哀怨來？」

「唉……」程子謙長嘆一聲，拍了拍索羅定的肩膀，「有些東西你一輩子都不會懂，這叫做氣氛！」

說完，拿著手稿跑了，開始全新一天的工作。

索羅定搖著頭，自顧自的練功去。

◇ ◇ ◇

索羅定練完功溜達到廚房，就聞到香噴噴的牛肉麵味道。

剛進屋坐下，白曉月端著個碗湊到他旁邊，問，「禮樂射。」

索羅定愣了愣，才知道這丫頭讓他背書接下句，懶洋洋開口，「玉蜀黍。」

白曉月眨眨眼，明明是「御書數」……「玉蜀黍」……湊合吧。

「古六藝。」白曉月又問了一句。

索羅定答得大聲啊，「君不舉。」

「噗！」一旁正在喝粥的幾個小廝噴了滿桌子的白米粥。

索羅定和白曉月都不解的歪頭看他們——怎麼了？

「是『今不具』，你怎麼老有口音。」白曉月噘嘴，「再問你一句。」

「問。」索羅定瞄見了白曉月手裡的牛肉麵，很配合。

「爾男子。」

「當自盡！」

一旁的小廝們默默的端著碗，叼著包子走了。

白曉月覺得除了有口音，也找不出什麼毛病，將碗往他眼前一放，「吶，廚房大娘給你做的牛肉寬麵，還加了顆雞蛋。」

索羅定眉開眼笑吃麵。

白曉月托著下巴在一旁心裡打鼓，這樣去背書，真的不要緊嗎？

◇　◇　◇

大概半個時辰之後，海棠書齋的書房裡……索羅定昂首挺胸背他的方言版《三字經》，而再看其他人……笑得都快斷氣了。

白曉月鬱悶的在後面捧著臉，看著自信滿滿理所當然大聲背歪書的索羅定。身邊，唐星治捶著桌子都喘不上氣來了；元寶寶捂著嘴拍身邊的夏敏，夏敏保持端莊狠狠咬著牙；胡開索性趴在桌上起不來了，石明亮和葛範都在揉肚子，腮幫子笑得都疼了……而唐月茹和唐月嫣笑得算是最矜持一點的，因為有別的東西更吸引她們的注意力。

聽著索羅定背書的白曉風此時靠在窗邊，單手輕輕撫著額頭忍笑的樣子，實在是難以形容的動人。

最後，索羅定一篇方言版《三字經》，直接導致海棠書齋整個上午都無法正常上課。而晌午的時候，口述版「索氏三字經」已經傳到街頭巷尾，整個皇城都籠罩在笑聲和噴飯聲中，據說還噎死了三個人。

皇宮裡，在程子謙大聲朗讀了「索氏三字經」後，文武百官笑厥過去了好幾個，皇上更捶著龍書案大讚，「賞啊，重重有賞！索愛卿有才！」

於是，索羅定莫名其妙又得了幾百兩銀子的賞賜，而且這一天他跟人說話都倍加小心，因為眾人看到他就「噗」一口，不是茶水就是湯水……

◇ ◇ ◇

這麼多人都因為索羅定得了可以笑好幾天的樂子，唯獨白曉月不是很開心。

晌午一過，索羅定拿著文房四寶跑白曉月院子裡來了，想著早點學完那什麼禮儀，好回軍營騎馬去。

跑進書房，就見白曉月懶洋洋坐在桌邊，單手托著下巴，銀鈴放在手邊，都沒有晃兩下。

索羅定望了望天——怎麼好像心情不好，希望不會拖堂。

走進書房，索羅定湊到書桌前，歪頭看了看白曉月，喊道：「小夫子。」

白曉月抬頭，瞄了他一眼。

索羅定眼皮子一顫——眼神哀怨的咧……

老老實實坐下，索羅定看著白曉月。

兩人大概對視了半盞茶的工夫，索羅定問，「今天練靜坐？」

白曉月癟了癟嘴，開口說話，「他們都笑你啊。」

索羅定微微一愣，「嗯？」

白曉月心口怦怦跳，索羅定的聲音又低沉又厚實，那一聲「嗯」得好好聽，可惜他背書有口音。

索羅定想笑，白曉月的面部表情真豐富。他咳嗽了一聲，「還上不上課了？不上我回軍營……」

「他們都拿你取樂，你一點都不介意啊？」白曉月嘟囔了一句。

索羅定一邊眉頭微微揚起來一點點，很感興趣的問，「誰拿我取樂？」

「你是裝傻還是真傻呀？」白曉月癟嘴，「什麼君不舉、爾自盡……大家都笑你笨呢。」

索羅定聽了，「呵呵」一笑。

白曉月睜大了眼睛瞧他，「你還笑？你明明不笨，幹嘛被人家笑？」

索羅定單手托著下巴，瞧著白曉月悶悶不樂的樣子，有些無奈。將文房四寶往前面推了推，索羅定給白曉月背了遍《三字經》，一個字都沒差，一個字都沒歪，一點口音都沒有，還是那低低沉沉、特別好聽的聲音。

白曉月的眼睛瞪圓了一圈又一圈，等索羅定背完了，她好久才回過神來，驚訝，「你是故意的啊？」

索羅定一聳肩，「也不算，方言版好記一點，先記了方言版再記住正經那版嘛，妳讓我死記我又不曉得意思，怎麼可能一晚上記住？」

「那你幹嘛不好好背？！」白曉月不滿，「還搞到被別人笑！」

「我哥啊。」

索羅定有些無語，瘦長的手指頭輕輕一敲桌面，叩叩聲響，慢悠悠問，「誰讓我背書的？」

「對啊。」索羅定點點頭，「他白曉風比我大嗎？我幹嘛要聽他的？」

白曉月一愣，「可是他們笑你……」

「那又怎樣？」索羅定無所謂的一聳肩，「我背對了他們也不見得就不笑了，爺就是不按著他們說的幹，怎麼了？再說，連妳個丫頭都知道我不笨，知道的人自然都知道，不想知道的人說了也沒用。」

白曉月盯著索羅定看……她身邊的人，都在用心證明自己比別人聰明，索羅定卻不介意被別人覺得很笨，可是自己就是知道，其實他一點都不笨。

白曉月的嘴角終於微微的翹了起來。

索羅定見她跟個貓兒似的抿嘴笑了，就趕緊趁熱打鐵，「心情好了？」

「嗯。」白曉月點頭，伸出兩根手指，比劃了小小一段距離，「本來也就只有一點點不好。」

「那能早點下課？」

「不行。」白曉月想都沒想，繼續笑咪咪回答。

索羅定洩氣。

正準備上課，一個小丫鬟跑過來，「二小姐，麗貴妃派人來傳話了，請大家上畫舫遊湖吃螃蟹去。」

「哦，馬上去。」白曉月點頭。

索羅定一拍手，天助我也！

「那你們遊湖開心點，我去騎馬……」只是索羅定轉身還沒來得及走，袖子就被白曉月揪住了。

索羅定回頭。

「一起去！」

「不是吧？！」索羅定撇嘴，「遊湖也要去？」

「遊湖就要飲茶，飲茶就是今天要上的禮儀課內容！」白曉月邊說邊起身，拉著索羅定的袖子，拖走。

◇◇◇

作為合格的才子佳人，坐船遊湖是風騷……不是，是風流生活必不可少的組成部分。

而作為一個混在才子佳人堆裡的粗人，索羅定望著畫舫上隨風飄擺的白色綢緞，就有一種三尺白綾飄啊飄的不祥之感。

「不上船行不行啊？」索羅定站在堤岸上的一棵楊柳樹下，問身邊的白曉月。

白曉月出門前換了一身素雅的藕色長裙，裙襬和袖籠都有精緻繁複的繡花，雖然索羅定對衣料一竅不通，不過還是能看出這裙子的昂貴。

白曉月見索羅定盯著自己的衣服看，心情好了幾分，說「不准」的時候，也柔聲細氣的。

作為一個男人，看到花了心思打扮的姑娘，有義務讚賞一下，這種就叫會做人。

索羅定很識相的拍自家小夫子馬屁，「裙子真好看。」

果然，白曉月嘴角翹起來幾分。

「那我走行嗎？」

「不准！」

「這頭釵也好看。」

白曉月嘴角又翹起來幾分。

「我先走行嗎？」

「不准！」

「整個人都好看！」

「我走行嗎……」

「不准！」

索羅定無奈的抱著胳膊望著天，天上一朵雲都沒有，藍得怪噁心的。

畫舫很快到了眼前。皇家的畫舫自然跟普通人家的不同，夠大夠氣派，整艘船不知道用什麼木做的，雪白雪白，還有白色的帷幔、白色的雕花、白色的綢緞、各種白……

索羅定就覺得眼暈，愁眉苦臉被白曉月推上了船。

索羅定上船後，找了個沒什麼人的清靜地方，準備打個盹。

剛剛坐下，身背後有人戳了戳他。

回頭，索羅定就皺眉……只見程子謙捧著個本子，一手拿著毛筆正蹲在他身後。「老索，你果然上船了，今天必有好戲看！」

「什麼好戲？」索羅定打了個哈欠。

「今天麗貴妃和王貴妃都來了，三公主、七公主、夏敏、元寶寶齊聚，再加上個白曉月，七個女人啊！七個啊！」程子謙雙眼那個亮啊，「有女人的地方就有是非，是非是八卦的溫床。不過話說回來，今天看點不止女人方面，男人方面也很熱鬧！」
索羅定皺眉，問，「男的不就一個白曉風嗎？」
「不止，還有你和六皇子他們那些啊！」程子謙說著，拍拍他的肩膀，「你要好好表現啊！」
「這倒是。」
這邊正說著話，索羅定就聽到另一邊有人搭腔，一回頭，白曉月抱著膝蓋正蹲他身側呢，隔著他跟程子謙說話。
程子謙就問，「曉月姑娘，一會兒都有什麼值得留意的事情？」
「一會兒先喝茶，再吃螃蟹。」
「嘖……」程子謙邊搖頭邊感慨，「明爭暗鬥了喔。」
「還有一件事情。」白曉月抱著膝蓋瞇起眼，「皇城最近又在排美人榜了，月茹姐姐連續三年都是第一名，不過今年月嫣勢頭很猛，有希望奪魁首。」
程子謙立刻站起來，手搭涼棚四處望，發現今日附近的畫舫比往日多了兩倍，而堤岸上、遠處可以望到湖面的小樓裡更是人滿為患。
「我就說怎麼那麼多人呢。」程子謙了然。
「據說待會兒月茹姐姐要撫琴，月嫣就有可能會跳舞什麼的……嘖。」
「嘖！」程子謙和白曉月對視邊點頭，滿臉的期待。

索羅定在兩人當中，一會兒轉頭看這個，一會兒轉頭看那個，伸手揉脖子……

這時，有個人從船尾走過來，「索將軍。」

索羅定回頭看了一眼，是個滿頭白髮的老太監，他自然認識，皇帝最信任的太監首領，阮公公。

這位阮公公跑出來請他入艙，「索將軍，娘娘召見呢。」

索羅定站起來，一旁程子謙對著他握拳，「好好表現！」

索羅定很想踹他進河裡。

回頭，白曉月也對他握拳，「好好表現！」

索羅定無語……

◇　◇　◇

扒拉開了十幾二十層白色的帷幔，就聞到一股薰香撲鼻。

索羅定皺眉，又不好意思捏鼻子，忍住不打噴嚏難度甚高。

帷幔後面的精巧小樓裡，坐著兩位美人，正是麗貴妃和王貴妃，當然了，還簇擁了大批的宮女太監。

索羅定給兩人行禮，兩人忙不迭的過來扶，一個比一個嘴甜慈祥和藹可親。

「索將軍快快免禮。」

「要將軍費心思照顧那些孩子們了。」
「將軍快快請坐。」
「將軍喝茶。」
……
索羅定嘴角保持笑容坐下，心裡罵娘——孩子個屁啊，十幾二十了還孩子？
當今皇上妃子不算多，皇后娘娘年紀大了，一心向佛，喜歡住在後宮的佛堂唸佛，求菩薩保佑天下蒼生什麼的，估計很忙。
幾位妃子裡面，最得寵的兩位都在這兒呢。
麗貴妃和王貴妃，是兩位性格截然不同的妃子。
麗貴妃是所有妃子裡最年輕、也是最漂亮的一個，相當得寵；王貴妃是所有妃子裡最聰明、學識最淵博、口碑也最好的一個，也很得寵。這兩人一個雍容華貴，一個清新脫俗，相同的就是關係看著那麼好呢，一個開口就姐姐，一個閉口就妹妹，那樣子好得恨不能穿一條褲子……不是，裙子！
這時候，有麗貴妃貼身的婢女進來說，茶煮好了。
麗貴妃點頭，讓傳那些孩子們進來飲茶。
索羅定就暗自抽嘴角——又來了，孩子們……
沒一會兒，傳來嬉笑聲。

「皇娘。」唐月嫣雀兒似的撲進來，摟著麗貴妃的脖頸。

麗貴妃板起臉，抬手拍她屁股，輕聲斥道：「女兒家端莊在哪裡？」

唐月嫣揉著纖纖腰肢噘嘴。一旁王貴妃趕緊將她摟過去揉揉，還瞪了眼麗貴妃，「妳凶她做什麼啊，這不跟妳親暱嗎！」

索羅定覺得牙齒有點酸，這幫娘娘不能好好說話嗎？跟唱戲文似的，不是呢就是嗎。

麗貴妃斜了唐月嫣一眼，「書唸得怎麼樣了，給妳姐添麻煩沒？」

「才沒有。」唐月嫣嘟囔了一句。

這時候，外面唐月茹走了進來，依然是那樣的端莊大方。

「月茹，快來。」麗貴妃一臉嚴肅都不知道飛哪兒去了，瞬間轉成柔美一張笑臉，伸手一把拉了唐月茹過去，一聲心肝一聲肉。

看這情形，外人會覺得唐月茹才是她親生的，唐月嫣是撿的。

唐月茹坐在麗貴妃身邊也乖順，問她身體怎麼樣？腰還疼不疼？腿上風濕好了沒？前幾天不是咳嗽嗎？送去的羅漢果芙蓉茶吃了有效嗎？

索羅定覺得這後宮真是感天動地那麼的融洽，他能出去喘口氣嗎？跳個河什麼的也行啊！

正在腹誹，茶送上來了，索羅定看了一眼那茶水黃不拉嘰的，就想拿起來喝，還沒碰到杯子，身邊白曉月突然坐下來了，還順帶瞪了他一眼。

索羅定手僵在半空中——怎麼了？

白曉月順手拿起自己的茶碗，翹著蘭花指托著杯底的碟子，那意思像是讓索羅定學著她的樣。

索羅定嘴角抽了抽——蘭花指？直接把小指剁了吧！

「曉月，白夫子呢？」麗貴妃突然問白曉月，「怎麼不見他進來？這是雲南來的上等普洱，特地給他煮的。」

「哦，哥最近有些咳嗽，說不進來了。」白曉月剛說完，就聽身邊的索羅定開始咳嗽了。

白曉月橫著眼瞧他，索羅定清了清嗓子，「我最近嗓子也不好，出去吹吹風。」說完，逃也似的就出去了。

白曉月氣悶，一個沒留神，教他溜走了！

◇◇◇

好不容易扒開重重帷幔出了艙，索羅定到圍欄邊透氣，就見船頭唐星治他們好熱鬧。

索羅定第一個反應是——賭錢？

可仔細一看，什麼心情都沒了，下棋呢。

不遠處的橋上，好些姑娘在看，幾個才子越發春風得意，那個風騷啊。

索羅定轉身走到船尾，就見傳說中咳嗽的白曉風一人靠在船尾的欄杆邊獨飲，也不知道他喝茶還是喝酒，總之白玉杯是白又白，後頭跟了一串的畫舫，遠處堤岸上的姑娘們甩著手絹喊，「白夫子……」喊聲估計太集中太凌亂，要不然就是河上風太大，索羅定聽著像是喊「白鬍子」。

這時，堤岸上好些人都看到索羅定了，指指點點。

「看啊，那就是索羅定！」

「哎呀，一看就非我族類。」

「好霸氣啊，你看個子真高！」

「看著好凶！」

「快看，他頭髮在太陽底下冒血光發現沒？」

索羅定聽著煩啊，抬頭，看了岸上人一眼。

殺氣騰騰一眼，瞪趴下了一大片。

「好可怕！」

「瘋狗啊那是！」

「小心他過來打你，據說功夫可好了！」

「索將軍。」

正心煩，就聽到有人叫。索羅定回頭，只見唐月茹端著個茶碟站在他身後。

「這茶潤肺。」唐月茹給索羅定遞上茶，含笑說，「曉月不在，愛怎麼喝都成。」
索羅定有些尷尬，接了茶杯，唐月茹就轉身回去了。
接了茶杯，索羅定回頭，就看到岸上好些人殺氣騰騰望著自己，大多都是男的。
喝了口茶，索羅定吐舌頭……不好喝，一股皂角味。
轉身找酒漱口，溜達到船尾，就看到離擺著造型喝著茶的白曉風不遠的一張凳子上，程子謙正忙著呢。
「喂。」索羅定過去坐下，「有酒沒？」
程子謙咬著筆桿搖頭，只聽身後面「呼」一陣風響，程子謙一低頭……索羅定抬手一接，一個白玉酒壺，白曉風丟給他的。
遠處的堤岸上，顯然一陣騷動，估計剛才又暈了幾個無辜的姑娘。
索羅定喝了口酒，覺得味道還不賴，反正比普洱強多了。
「你都沒進去，寫什麼呢？」索羅定好奇看程子謙的手稿。
「我統計排名呢。」程子謙頗認真，「剛才去外頭轉了一圈統計回來的，最近支持唐月嫣的人急劇增加啊！」
索羅定一臉嫌棄，「你在船上，怎麼上外頭轉一圈？」
程子謙神秘一笑，「秘密！」
見索羅定找了個舒服的位置坐下喝酒，程子謙湊過來小聲問，「怎樣？裡頭幾個女人鬥起來沒？」

「鬥什麼？」索羅定皺眉，「挺好的啊。」

「嘖。」程子謙瞇眼，「表面當然好了，表面能看出來不好的早就進廣寒宮了。」

「說起來……」索羅定覺得岸上那些怨毒的目光還追著自己呢，就問，「剛才三公主出來給我送了杯茶，她怎麼不拿給白曉風？」

程子謙敏銳的一抬頭，意味深長的「哦」了一聲。

這時候，白曉月走了出來，手上拿著個碟子，裡頭好多點心，走到她哥身邊。聽他們倆的對話，白曉風似乎不舒服，沒吃午飯，白曉月讓他吃些點心少喝酒。

「曉月。」程子謙小聲招呼白曉月。

白曉月就走過來了。

「這茶……」程子謙指了指索羅定手邊的茶杯，「誰讓三公主送出來的？」

白曉月淡淡一笑，「是這樣的……」

原來，剛才索羅定一走，麗貴妃就說茶都快涼了，讓唐月嫣給索羅定送出來，可是唐月嫣扭捏不肯，說和索將軍不熟，還說他看著凶凶的自己不敢跟他說話。

麗貴妃就開始很嚴厲的訓斥唐月嫣，教訓得七公主眼淚汪汪的。

於是唐月茹就站起來，端起茶杯說「我去吧」。

「嘖嘖。」程子謙刷刷寫，「先是麗貴妃出招啊！」

「出什麼招？」索羅定不太明白。

正說話間，就見一隻白色的、肥嘟嘟的鴿子撲扇著翅膀落到了船頭，對著程子謙「咕嚕咕嚕」兩聲。

程子謙從鴿子腿上的信筒裡抽出一張紙條來打開看，搖頭，「果然！」

「什麼果然？」索羅定和白曉月一起湊過去看紙條。

「之前就有傳說，你入曉風書院是為了幫唐月茹的，這回看唐月茹對你那麼好，外界都相信謠傳是真的了，現在大家都比較同情唐月嫣喔。」程子謙彈了彈那張紙條。

這時候，遠處又一陣騷動，眾人抬頭，原來白曉風吃東西的時候換了個造型……

隨後，程子謙又寫了一張小紙條塞進信鴿腳上的信筒裡面，將鴿子往空中一拋，鴿子飛走。

剛飛走，又有一個黑衣人從水裡冒出來，給程子謙送上厚厚一疊卷宗，都用防水的油布包著。

程子謙打開一看，就見上面畫滿了「正」。

「哎呀。」程子謙和白曉月研究半天，得出結論，「支持月嫣榮登今年美女榜榜首的人數增加了一成！」

索羅定覺得腦袋嗡嗡響，程子謙手上敢情有一支探子人馬……

這時，元寶寶跑過來了，「曉月曉月，前頭撫琴了，讓你們過去呢。」

「哦，好！」白曉月趕忙站起來，走兩步還不忘回頭招呼那三個各自忙各自的男人，「都上前頭聽琴去。」

三人只得站起身往前走。

程子謙小聲提醒索羅定，「看好了，一會兒三公主要反擊的。」

索羅定納悶，問道：「反什麼擊？」

「嘖。」程子謙搖頭，「說起來真不知道皇上是派你來幫忙還是扯後腿的，三公主可不是個會吃虧的主！」

索羅定抱著胳膊，看了看另一頭沒事兒人一樣雲淡風輕繼續擺著造型往前走、迷倒一眾少女的白曉風，有些想不通，「那些姑娘折騰什麼呢？女追男隔層紗嘛，直接跟白曉風示愛不就得了？這鬥來鬥去鬥來鬥去，都沒他什麼事。」

「切。」程子謙一臉鄙視的瞧索羅定，「所以說，女人之間的戰爭你永遠不會懂。」

話剛說完，他突然一閃身。

索羅定一愣，肩膀上就「啪嗒」一坨鳥屎……

一把抓住正落下來的胖信鴿，索羅定咆哮狀，「老子燉了你！」

岸上一陣騷動。

「好可怕啊！」

「野蠻人！」

程子謙一把搶下來，給那受驚的鴿子揉毛毛，「別理那個粗人！」

索羅定抓著一旁的白綢子擦肩膀，真倒楣！
程子謙抽出鴿子信筒上的紙條打開看了看，伸手一拍索羅定沒沾到鳥屎的那半邊肩膀，「恭喜你！」
「恭喜我什麼？」
「蟬聯年度最討厭男人第一名！」程子謙嘖嘖兩聲，「甩出第二名兩倍票數呢，這就是絕對實力！」
索羅定嘴角抽了兩下，好奇，「第二名是誰？」
程子謙看了看字條，「調戲尼姑的那個王麻子。」
索羅定沉默了片刻，突然抓著程子謙就要丟他下河。
程子謙死命抱住欄杆，「幹嘛啊你？」
「你下去死一死！」索羅定抓著他要往河裡扔，「讓老子痛快痛快！」
岸上的姑娘們都尖叫。
「看呀，那蠻子要殺人了！」
「好粗魯好討厭！」

◇　◇　◇

索羅定對彈琴的認識基本上和彈棉花差不多，一根弦是彈棉花，九根弦不就是九個人一起彈棉花？除了吵還能有什麼?

對於音律一竅不通的他，心不甘情不願坐在船頭等撫琴。

這撫琴規矩還不少，索羅定感慨，才子佳人什麼都嫌棄就是不嫌麻煩。

麗貴妃叫阮公公拿出一張古琴來，黑不溜秋的，不過皇家用的東西嘛，加上些某某國進貢的奇珍之類的噱頭，爛木頭也能賣上好價錢。

索羅定打了個哈欠，看到一旁盡量讓自己和風景一體化的程子謙正埋頭研究著什麼。

「你又在算什麼?」索羅定好奇湊過去看。

「賠率啊。」程子謙壓低聲音。

「又賭白曉風最終會挑哪個?」

「切，你當皇城就白曉風一個風流人物啊?沒錯，他的確是搶風頭，不過還有其他的呢!」程子謙將今日幾條比較熱議的八卦給索羅定看。

索羅定瞄了一眼。

第一條，王員外跟他的小情人分手了。

第二條，張才子最近和劉員外的千金好上了。

第三條，陳員外娶第七個老婆了，比他小三十歲呢。

第四條，周財主把他元配休了，元配要抱著孩子跳河，搞得全城都知道周財主看上了個小自己二十歲的狐狸精……

索羅定揉了揉眼睛，每條都差不多啊……

程子謙很認真的統計，「唉，你猜，秦郡王的元配鬥花魁，誰會占上風？」

索羅定嘴角抽了抽，「真的有那麼多人會關心這些事？」

程子謙一愣，「嗯？」

「我說誰跟誰分了、誰跟誰好上了，這他娘的都是些什麼芝麻綠豆的事情，有那麼多人會關心？」索羅定抱著胳膊，覺得不可思議。

「我找人統計過的，其實沒很多人關心。」程子謙笑咪咪給索羅定看資料。

「全皇城認識王員外的不到一成；認識王員外小情人的就只有幾個；張才子的詩詞沒一首是流傳出去的；劉員外千金長什麼樣更沒人知道了；陳員外七個老婆，前面六個都死了也沒人關心；周財主的元配要跳河了，大家追著狐狸精罵，不過似乎沒人知道那狐狸精究竟長什麼樣……那花魁更逗了，昨天才評上花魁的，前天還在百花樓端盤子。」

「那你寫來幹嘛？」索羅定不解。

「不關心不代表沒人想看啊！」程子謙眨眨眼，「看的人有的是。」

「為什麼？」索羅定覺得無法理解，「有病？」

「因為大家都很閒囉。」程子謙瞇著眼嚴肅狀，「就是因為不關自己的事才會拿出來消遣嘛。」

索羅定皺著眉搖頭。

這時，就聽到岸上又有些騷動。回頭看了看，果然，是白曉風走去撫琴了。

「不是說三公主來的嗎？怎麼變白曉風了？」索羅定納悶。

「這叫校琴，要高手才能弄的！」

旁邊，白曉月端著一碟削了皮、切好塊的鴨梨坐下來，聽到索羅定問，就幫著回答了一句。

索羅定一挑眉，「原來是矯情！」

白曉月來氣，「校琴，就是試音，笨！」

索羅定撇嘴，伸手拿根竹籤插梨子吃。

白曉月將梨子往他眼前推了推。

索羅定覺得這梨不錯，就問白曉月，「妳不吃？挺甜。」

「不吃。」白曉月往一旁挪了挪。

索羅定心說這丫頭也神經兮兮的，不吃拿來幹什麼？

「喂。」索羅定胳膊肘撞了一下程子謙，「吃不吃梨？」

程子謙瞄了一眼，「不吃。」

索羅定心說你也不吃？

就聽程子謙幽幽來了一句，「梨子不能分著吃。」

「咳咳……」索羅定差點把竹籤吞進嗓子眼去。

白曉月跑去前面拿荔枝，動作很迅捷。

「叮……」白曉風開始試音，周遭的人也激動了起來。

索羅定掏耳朵，「果然開始『叮』了，不知道要『叮』到什麼時候，太陽快點落山吧，要不然傾盆大雨來一場也行！」

一旁程子謙耳朵就豎起來了，「下雨好！」

索羅定挑眉，不解，「你也不耐煩了？」

「不是。」程子謙笑得有些小賤，「下雨更有料了，所謂淋得濕漉漉，故事更加多！」

索羅定沉默半晌，指著他鼻子，「賤不賤！」

程子謙啃著半顆蘋果點頭，「賤！」

白曉風「叮」了半天，還緊了緊琴弦什麼的，忙活。

岸上已經暈過去一大片姑娘了，索羅定就是不明白她們在暈些什麼，中暑嗎？

這邊廂，白曉月吃了十幾顆荔枝了，桌上一堆荔枝殼，索羅定忍不住就說她，「一顆荔枝三把火，妳這麼個吃法，不怕明早嗓子疼？」

白曉月斜了他一眼，不過還是不吃了，拿出塊帕子擦手。

唐星治坐得不遠，聽聞後皺眉，將眼前一盤荔枝遞過來給白曉月。

白曉月瞧了瞧荔枝。

唐星治笑道，「沒事，愛吃多吃點，一會兒我讓御醫給妳送點下火的藥去。」

白曉月倒是有些不好意思，不過又不好說不要，就接了荔枝放在前面。

唐星治順勢還看了索羅定一眼。

索羅定接了這個意義不明的眼神，有些哭笑不得——這唐星治挺幼稚的。

遠些的地方，幾個圍觀的丫鬟就開始小聲交談。

「六皇子好體貼呀。」

「就是啊，真細心！」

「索羅定太粗魯了。」

「就是，還說女孩兒家吃得多。」

索羅定瞄了一眼那些丫鬟，心說這幫丫頭都有病吧？少吃幾顆荔枝和為了多吃幾顆荔枝而喝碗藥，究竟哪個正常點？

前面白曉風此時似乎已經試音結束了，優雅的站起來。

接下來是三公主唐月茹撫琴，白曉風到一旁找了個位子坐下，身邊的唐月嫣拿了荔枝問他吃不吃。

白曉風輕輕擺了擺手，示意自己嗓子不舒服不吃了，還囑咐唐月嫣，「少吃點，小心上火。」

唐月嫣笑咪咪點頭，本來就白裡透紅的膚色如今更是雲霞拂面那麼的俏麗。

一旁的丫鬟們好不羨慕，「白夫子好細心啊！」

「就是，好體貼啊！」

「荔枝是不可以多吃，會上火的。」

索羅定按住一抽一抽的嘴角，看身邊奮筆疾書的程子謙。

程子謙舉著毛筆蘸墨的時候，安慰性拍了拍索羅定的肩膀，「算啦，女人說什麼就是什麼，不會跟你講道理的！」

索羅定撇嘴，自言自語嘀咕了一句，「簡直不可理喻，老子還是接著打光棍比較明智。」

說這話的時候，正好被一個送茶的丫鬟聽見了，這下可好……

沒一會兒，整個皇城都傳遍了——索羅定說女人大多不可理喻，他寧可打光棍。

「誰要嫁他啊，自作多情！」

「就是！」

「這種小氣的男人最討厭了！」

「他自己才不可理喻哩！」

◇　◇　◇

船上，索羅定托著腮幫聽三公主彈棉花……不，是彈琴，聽得他是昏昏欲睡，上下眼皮都打架了。

終於，三公主一曲終了，眾人都鼓掌，索羅定一點頭，醒過來了，用力眨了兩下眼睛清醒一點，也跟著拍手。

發現茶杯裡的茶水冷了，索羅定就叫丫鬟換一杯。

一個丫鬟跑過來給他換茶，地上不知道什麼時候沾了一片水漬，那丫鬟沒留神，一腳踩滑了一下，好不容易站穩，茶水卻潑在索羅定的袖子上了。

丫鬟臉都白了。

索羅定還沒睡醒呢，迷迷糊糊接了茶水喝一口，覺得茶水不夠濃，一點都不醒神，就將杯子又遞給丫鬟，小聲說，「多放點茶葉，來杯濃的。」

「哦……」丫鬟瞧著索羅定似乎沒注意到袖子上沾了水，就小心翼翼捧著茶杯走了。

等她換了一杯濃茶上來，就看到白曉月遞了塊帕子給索羅定。

索羅定還不解呢，這丫頭把帕子給自己幹嘛，誰用啊，一股脂粉味？

白曉月指了指他袖子上的水。索羅定低頭看了一眼，順手將手伸過去，將一袖子的水抹在正低頭奮筆疾書的程子謙的衣襬上。

程子謙渾然不覺。

索羅定回頭，發現那丫鬟捧著茶站在不遠處，看得目瞪口呆。

意識到自己便壞被發現了，索羅定有些尷尬的搔搔頭。
丫鬟捧著茶走過來。索羅定接了茶喝了口，苦得他一皺眉。丫鬟心裡又一驚——是不是茶葉放多了？
誰知索羅定喝了兩口便將茶杯放下了，一眼瞄見地上有一灘水漬，就順手抓起程子謙的衣襬擦地板。
程子謙似乎感覺到衣服在動，抬頭看。
索羅定望著天上的雲彩，假裝什麼都沒幹。
丫鬟被逗樂了，忍不住就想笑。
這時候，夏敏又去撫琴了，叮叮叮重新開始……
索羅定扶額，邊打哈欠邊問一旁認真聽琴的白曉月，「還要叮多久啊……」
白曉月瞪他一眼，「之前教你的禮儀呢？不准睡！」
索羅定托著下巴強打精神。
白曉月跟身後那個還傻兮兮看著索羅定的小丫鬟說，「再弄杯茶來。」
丫鬟還沒走，索羅定就說，「茶沒有用啊，鶴頂紅有嗎……嘶。」
話沒說完，白曉月狠狠掐了他一下。
索羅定覺也醒了，老實坐著，覺得渾身骨頭縫裡都不舒服，天怎麼還不黑。
過了一會兒，程子謙收了稿子到船邊去給手下，就聽到拐角處有幾個小丫鬟正在說話，其中一個正是剛才給索羅定送茶的丫鬟。

「妳們覺不覺得呢，索羅定其實長得也不錯的啊？」

「嗯……」

「其實也還好啦，高高大大的。」

「他鼻梁挺啊，眼睛也挺好看的。」

「可是人粗魯啊。」

「還好吧，我剛才把茶水潑在他身上了，他都沒吱聲。」

「真的啊？」

「對啊，還拿子謙大人的衣服擦地板，挺可愛的呢。」

程子謙搖著頭笑了笑，往回走了兩步，突然覺得不對，伸手抓起身後的衣襬一看，雪白的衣襬上髒兮兮一塊汙漬。

程子謙那個生氣，回到座位上剛想拍索羅定一臉墨汁，不料索羅定突然很好奇的問他，「你不是說三公主要反擊嗎？」

程子謙愣了愣。

索羅定指了指那幾個姑娘。現在是元寶寶在彈琴了，唐月茹坐在一旁認真聽琴，偶爾剝一顆荔枝吃，連瞥都沒瞥白曉風一眼。

白曉月笑咪咪就問他，「原來你也有八卦的時候啊。」

索羅定一愣，開始反省——果然近墨者黑，老子開始墮落了！
「都說了女人的戰爭不在檯面上。」程子謙對索羅定努了努嘴，「男人的戰爭才在檯面上！」
索羅定一愣，沒太聽明白。
這時候，就聽一旁唐星治突然問，「索將軍，聽說你武藝高強？」
索羅定回頭，只見唐星治拿著一把很漂亮的寶劍，「不如伴琴舞劍，讓我們開開眼界？」
索羅定眨眨眼。
一旁好些人都覺得這是個好主意，麗貴妃倒是不怎麼贊成，「星治莫要無理取鬧，索將軍是大將，戰場殺敵的招數跟你們的花拳繡腿怎麼一樣？！」
索羅定看了麗貴妃一眼。這句是人話，別看是個女人，見識還是有的。
唐星治倒是不以為然，「天下武功融會貫通，沒理由會寫大字的不會寫小楷，更得心應手才是。」
「就是啊。」胡開也幫腔，「不如讓我們開開眼，行不行啊？」
「行～」索羅定拖長個調子應了一聲，說完，站起來，總算能舒展一下筋骨了。
程子謙看了看索羅定的神情——這人看似有什麼計畫了。
索羅定站起來後，看了看前後左右都是書桌，路那麼窄，也懶得繞道，抬腳輕輕鬆鬆從書案上面跳了過去。
「劍借給你。」唐星治抬手將自己的寶劍扔給了索羅定。

索羅定伸手輕輕一接劍，手腕一轉，白色的劍穗劃出飽滿的弧線，繞著手腕連著轉了三個圈……

岸上略微有一些騷動。不能否認的，索羅定這個動作——小帥！

不過，這把劍剛在手上轉了一圈，索羅定就感覺出不對勁來了，往一旁瞟了一眼，就看到唐星治和胡開他們似笑非笑、幸災樂禍的神情。

索羅定眼眉微微一挑，心想——啊！原來是想整老子，我就說這麼好主動借劍呢！笑？一會讓讓你們哭都哭不出來！

程子謙看得激動，奮筆疾書，「老索要動真格的了，這回有好戲看了啊！」

正寫著，就見白曉月拿起朱砂筆，將程子謙寫好的手稿上一整段劃掉了，嘟囔一句，「這段不要寫。」是剛才幾個丫鬟誇索羅定的那一段。程子謙微微愣了愣，瞧著白曉月。

白曉月扭臉，「寫那麼好幹嘛？低調點！」

程子謙摸著下巴——哎呀！酸溜溜的呢，什麼情況？

第三章

和不和 反正都是緣分

索羅定一接到唐星治給他的劍，就覺得劍很輕，稍微看了一眼，心中有數——這把根本不是真的劍，只是用劍模子倒出來的一把裝飾劍。換句話說，劍柄和劍鞘是連在一起的。

也就是說，索羅定就算把吃奶的力用上，也最多把劍掰斷了，無論如何是拔不出劍來的，因為裡面根本沒有劍。

這船離岸邊老遠，岸上的人根本不可能看出什麼毛病，只會看到索羅定拔不出劍……這要是傳出去，多丟人啊？！

索羅定拿著寶劍連著劍鞘三耍兩耍轉了好幾個圈，轉得眾人眼花繚亂之後，抬手將劍扔還給了唐星治，撇嘴說了句，「什麼破劍，太輕了，拿把重點的過來，那劍是娘們使的，不適合男人。」

索羅定一句話，嗓門還挺響，岸上不少人都聽到了，都笑，船上好些丫鬟也笑——這寶劍的確看著花俏了點。

唐星治沒留神索羅定會來這麼一招，都沒顧得上接劍，那把劍已經撞進了懷裡，偏偏索羅定暗地裡加了些力氣……這一下子，唐星治直接從椅子上往後一仰，很沒面子的往後一坐。

因為茶几後面都是矮座，而且索羅定用的力氣也不大，所以六皇子不至於摔個四腳朝天，但是一屁股坐在地上，還是挺丟人的。

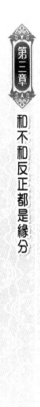

索羅定左右看了看，問，「誰有重一點的刀沒有啊？劍不稱手。」

一句話問出口，眾人面面相覷。這一船的都是文人，手無縛雞之力，也就六皇子帶把劍什麼的，其他誰會帶？

唐星治被胡開扶起來，一時氣不順，見索羅定找刀，嘟囔了一句，「刀刀刀，菜刀就最適合你！」偏巧，這一句還讓索羅定聽到了，他突然一樂，問拐角幾個丫鬟，「廚房有菜刀沒有啊？最好是師傅剁肉骨的那種大刀。」

丫鬟們彼此對視了一眼，剛才潑了索羅定一袖子水的那個丫鬟就真的跑去廚房了，沒一會兒，給索羅定捧了一把大菜刀過來。

索羅定伸手操起來，左看看右看看，順便拉了塊白綢子，擦了擦刀上的肉末。這刀每天廚房都用的，一層豬油，鋥明瓦亮，陽光底下一反都晃眼睛。

岸上的人沉默了片刻之後，突然哈哈大笑。

唐星治他們笑得彎了腰——這索羅定，好不容易讓他躲過一劫，沒想到自取其辱，還舞菜刀，菜刀要怎麼舞？簡直荒謬！

索羅定掂量了一下菜刀，動了動手腕……菜刀在他手上刷刷亂轉，看著驚心動魄。

「喂！」胡開忍不住提醒他，「你小心點啊，別飛出來傷人。」

「就是啊！」石明亮這個斯文書生看到眼前飛菜刀，就覺得腿軟。

「不用怕，扔不中你。」索羅定說著，突然一脫手，喊了聲，「哎呀。」

話音一落，那菜刀就對著石明亮他們那一桌子飛過去了，驚得四人都往後一坐……不過菜刀到跟前轉了個圈又回到索羅定手上了，繼續轉圈，呼呼直響。

索羅定淡淡一笑，挑起半邊嘴角問四人，「怎麼？怕啊？跟姑娘們換個位置，那邊比較安全。」

唐星治等人面上一紅，四周有不少「姑娘們」呢，有聚在船艙裡看熱鬧的公主和王貴妃，還有躲在各個角落偷看的丫鬟們，都忍不住笑出了聲來。

白曉月下意識的看了看麗貴妃。

唐星治好歹是她姪子，她最最疼愛他了，索羅定這麼個教訓法，麗貴妃會不會惱了啊？

可一看之下，麗貴妃竟然一點不開心都沒有，也沒有跟著一起笑，而是點點頭，那樣子像是咬著牙說——該！

白曉月有些意外，就問一旁專心記錄的程子謙，「子謙夫子，貴妃娘娘會不會生索羅定的氣？」

程子謙連頭都沒抬，只是擺了擺手，「當然不會了。」

「為什麼啊？」白曉月小聲提醒，「六皇子出了好大洋相啊……莫非不是她親姪子？」

程子謙微微一笑，「就因為這姪子是親的，才想讓他多出出洋相，好改改這心高氣傲的脾氣。」

白曉月有些意外。

程子謙樂了，「妳當後宮裡的女人只會爭寵使壞啊？爭寵使壞也要看場合，關鍵是能不能培養出個明君，那些娘娘們心裡明白著呢，兒子爭氣比什麼都管用。唐星治那是沒落在皇后娘娘手裡，不然就他今兒個挑釁索羅定這點事，夠打一百板屁股了。」

白曉月驚訝，「唐星治怎麼使壞了？」

程子謙搖頭，果然看出來的人不多，就跟白曉月解釋了一下。

「要打一百屁股那麼狠啊。」白曉月暗自搖頭，雖然唐星治可惡，但是懲罰好像嚴厲了點，果然珍愛生命就要遠離後宮！

「其實唐星治人不壞，不過有些小心眼、小孩子脾氣，爭強好勝。」程子謙「嘖」了一聲。

「老索什麼是身分？皇朝第一猛將，手握重兵，雖然沒仗打，但難保哪一天出什麼亂子。那幾個皇子巴不得找機會巴結巴結他，這唐星治千載難逢的機會不把握，只為了一口氣爭風吃醋就跟他作對。我要是麗貴妃，我也得讓他吃吃苦頭，好叫他知道什麼叫人外有人、天外有天。」

索羅定玩了會兒菜刀，便看向一旁有氣無力彈琴的元寶寶。元寶寶看到索羅定亂飛菜刀早就嚇得臉都白了，趕緊說彈完了，躲進了船艙裡。

索羅定一看……這不是伴琴舞劍嗎？這會兒琴沒人彈了，劍也變成菜刀了，怎麼辦？

「不如我來吧。」

這時，就見三公主唐月茹走了出來。

索羅定看了看她，心中咯登一下——莫非這就是傳說中的反擊？隨後又望天，自己肯定跟程子謙和白曉月在一起太久了，八卦成這樣……

三公主走到琴邊坐下，看向索羅定問，「索將軍自然不能用小橋流水的段子了，得要大漠孤煙的氣派才行，是吧？」

索羅定點了點頭，又看了看一旁喝酒賞著河邊風景、繼續擺著造型弄暈兩岸少女的白曉風……有些不解，三公主真的那麼鍾情白曉風？看不太出來啊。

但是索羅定發呆那會兒，唐月茹已經開始撫琴了。

琴聲一起，索羅定就微微愣了愣——誒？跟之前如同一萬隻蚊子奔騰而過的「叮叮叮」不同，這次琴聲倒是真能聽出那麼一股蒼涼來。

索羅定下意識的看向唐月茹，暗自讚嘆，這唐月茹了不得啊，別看是一介女流，很有些霸氣豪邁。

因為琴聲適合，所以難度不大，索羅定抬手掄起菜刀，跟平時練刀似的隨便來了一段。

索羅定耍刀和那些公子哥兒們的花拳繡腿自然大不同，那是刀刀帶著內勁，隨時能要人命的。

一時間，船上就有了大動作——船頭隨著索羅定的起落往兩頭亂傾，畫舫之上的白色帷幔隨風翻飛，伴著索羅定如同融入風中一般，氣勢如虹的刀法！

此時，人們根本不會注意到索羅定手上的是什麼刀，只是覺得琴聲蕭索，索羅定身法矯健勇猛，讓習慣了太平盛世整日無聊的皇城百姓，此時莫名也產生了一種征戰沙場為國效力的澎湃洶湧之感。當然了，也就是澎湃了那麼一小會兒。

隨著琴聲終了，索羅定一收刀，抬手還給了那個看得呆呆傻傻的小丫鬟。

丫鬟接了刀，傻站在一旁，視線就沒法從索羅定身上挪開了，白曉風是誰？不記得了！

索羅定氣不長出也不喘，慢悠悠回頭對三公主豎了豎大拇指，說，「三公主好氣派。」

唐月茹微微一笑，謙虛的說，「將軍過獎了。」

這會兒，岸邊不少人又開始談論。

「七公主的確嬌美可人，也乖巧……但是比起三公主來嘛……」

「那還是差了一個檔次啊，就像小妹妹和真正的女人那樣！」

「就是啊，我還是改支持三公主好了！」

「對啊對啊！」

索羅定微微一挑眉——果然反擊成功了，厲害啊，不動聲色。

回了座位坐下，索羅定端著茶杯喝了一口，就見白曉月擰著身子，皺著鼻子，嘴巴還抿著，那樣子除了「彆扭」沒法拿別的詞來形容了，就忍不住問了一句，「怎麼了妳？臉都皺成這樣，尿急啊？快去，忍著不好……哎呀！」

索羅定話沒說完，身後程子謙突然抬腳踹了他後背一腳。

「胡說什麼呢！」

索羅定根本沒防備，而且他正看著白曉月的臉呢，這丫頭臉皺得挺有意思。

程子謙這一腳也不知道是有意還是無意，正對著索羅定的後背來，索羅定沒地方躲，但是也不至於被踹傷，最麻煩的就是一下子身體失去重心往前面撲了過去。這下可好，不偏不倚，正好撲住了白曉月。

白曉月也是一驚。

之前她本來看索羅定舞刀看得都呆了，等刀耍完了，她就傻乎乎的拍手。可這時，就聽到岸上有略微的騷動。

白曉月回頭看了看，發現好些人伸長了脖子，看得都回不過神來了。

別說那些天生有好鬥之心的男人們為索羅定的那股霸道所折服，好些姑娘們也捂著嘴驚嘆，「索羅定好有男人味啊！」

白曉月有些焦慮，這會兒，皇城上下得有多少姑娘看上索羅定啊……

白曉月也是個實誠姑娘，她正想著發呆，就聽到索羅定不知道胡說八道了什麼，隨後一下子撲了過來。等明白過來，抬頭就看到索羅定的臉，那一雙鷹目啊、那高鼻梁窄下巴啊……都是她白曉月好的那一口啊！真是帥氣。

麗貴妃本想誇讚索羅定兩句，突然，就發生了這一幕。

而程子謙既然是故意使壞，自然不會讓人看見，那一腳很隱蔽，索羅定可是啞巴吃黃連了。

這一切突如其來，而且出乎所有人的預料，連同船上，包括岸上，眾人都愣住了。

沉默持續了好一會兒，索羅定低頭看看，眼前白曉月一雙眼睛眨啊眨，也正不知道發生什麼事的看著他。索羅定比較魁梧，白曉月才多小一點點，跟蓋了床黑棉被似的，整個人都遮住了。

就在這片眾人目瞪口呆的靜默中，索羅定突然明白過來了，捂著後背回頭瞪程子謙，「你……」

程子謙還沒等他開口，就嚷嚷了一聲，「哎呀，索羅定你要死了，竟然敢輕薄曉月姑娘！」

程子謙這一聲也不知道是不是用丹田氣從天靈蓋上送出來的，那個嘹亮啊，傳出好幾里地去。

索羅定睜大了眼睛、張大了嘴指著程子謙——你他娘的陷害我？

程子謙趕緊對他使眼色——忍一忍啊，為你好呢！

索羅定一腦袋漿糊滿腹狐疑，程子謙做什麼鬼臉呢？幹嘛出這一招？

而隨著程子謙這一聲吼，「轟」一聲，岸上瞬間群情激憤了。

「索羅定這個流氓啊，當著這麼多人的面，他竟然……」

「臭不要臉啊，虧我剛才還有一點點喜歡他！」

「就是啊，竟然輕薄曉月姑娘。」

「曉月姑娘，抽他耳光！」

「就是呀，不要饒了他。」

「狠狠打呀！」

白曉月還傻呵呵的。

這時，就見唐星治過來一腳踹向索羅定，「索羅定，你這混蛋！」

索羅定本來能避開這一腳，不過似乎又想到了什麼，於是猶豫了一下，就被唐星治一腳踹在了肩頭。

索羅定本身功夫很好，身體也強健，這一腳自然不在話下，只是黑色衣服上的灰色腳印，有一點刺眼。

白曉月一驚，趕忙攔住要上前的唐星治為索羅定辯解，「他又不是故意的！」

唐星治哪裡管得了這些，第二腳又踹過來，但是還沒碰到索羅定，腳被人擋開了。

唐星治後退幾步，就見索羅定身後還拿著筆的程子謙甩了甩手上的灰土，笑咪咪提醒他，「六皇子，小心吶。」

白曉月趕忙勸說唐星治，「他踩到衣襬了才會摔倒的！」

「是啊是啊。」程子謙也點頭，繼續用丹田氣，「不小心嘛，一場誤會！」

唐星治再看索羅定，就見他已經興趣缺缺、坐在一旁的茶几邊喝酒了，那樣子，就跟什麼事都沒發生過似的，真不知道該說他臉皮厚呢，還是反應慢。

和索羅定一樣漫不經心喝酒的，還有從剛才開始就一直沒換過造型的白曉風。

「星治！」

這時候，麗貴妃開口了，很是嚴肅，「不得無禮，還不給索將軍賠禮道歉！」

唐星治一臉不服氣，不過麗貴妃既然吩咐了，他只好對索羅定一抱拳，氣哼哼回到座位上了。

這會兒白曉月也爬起來了，依舊坐下，邊偷眼看索羅定。

圍觀的人罵聲越來越難聽，議論紛紛。

「嘖嘖，曉月姑娘怎麼阻止六皇子打那個流氓啊？」

「就是啊，就這麼算了嗎？太便宜那混蛋了！」

「白曉月不會真的看上他了吧？」

白曉月越聽越生氣，狠狠瞪了索羅定身後的程子謙一眼——都怪你！

程子謙這會兒倒是面不改色，似乎要的就是這效果。

索羅定也有些不解的看了程子謙一眼——你小子搞什麼鬼？

程子謙看了看白曉月一臉的不高興，可那火氣明顯是衝著自己來而不是衝著索羅定去的，心裡頭可是「呼啦」一下子，豁然開朗了。

單手托著下巴，程子謙心中有數了。

白曉月那可是人稱的刺蝟精投胎，今日撲她的要換作另一個男人，估計這姑娘就抽刀砍人脖子了。索羅定剛才那一撲，她竟然沒翻臉，還氣別人冤枉了他，看來有必要查一下這姑娘當年墜河的時候，索羅定在不在身邊了。

白曉月心事重重看索羅定。

索羅定也發現她看自己了，一挑眉，問，「幹嘛？生氣就打兩下解氣唄，我又不是故意的。」

「我知道你不是故意的。」白曉月有些不好意思，「害你被誤會是淫賊。」

索羅定笑了，自言自語了一句，「那我的確是淫了嘛。」

「嗯？」白曉月沒聽清楚，又問，「什麼？」

「沒什麼。」索羅定笑咪咪，望著白曉月的胸口，「妳那兒好像還沒我大呢，咱們倆其實指不定誰淫誰，是吧？扯平了。」

白曉月愣了愣，什麼妳那兒我那兒……順著索羅定的視線低頭一看，才明白過來。

瞬間，白曉月一張臉通紅，索羅定還笑得一臉占了便宜。

「索羅定，你這混蛋！」白曉月一把抓起還愣在一旁的丫鬟手裡的菜刀，朝著索羅定就砍。

索羅定淡淡一笑，這一笑倒是笑得白曉月一愣。瞅準空檔，索羅定一躍下了船，來了個沾萍走水，三兩下躍上了堤岸。

他所到之處，人群趕緊散開，跟看怪物淫賊一樣那麼怕他。

索羅定倒是覺得路挺寬敞的，抱著胳膊就走了，依然那麼大搖大擺。

白曉月拿著菜刀呆站在船邊。

此時，岸上的人接著議論。

「看吧，我就說曉月姑娘非翻臉不可！」

「是啊，我剛才還以為曉月姑娘真對那蠻子有意思呢。」

「就是呢，剛起來的時候好像並不生氣啊。」

「可能大戶人家有教養吧。」

「但那蠻子實在太過分！」

白曉月捧著菜刀坐回去，伸手狠狠掐了程子謙的胳膊一下。

「噺！」程子謙痛得一個激靈，可最後還是湊過來一點點，問她，「難不成，當年救妳的人是……」

白曉月立馬一個眼刀飛過去。

程子謙就看到刀光冷森森橫在自己鼻子底下，還帶著一股豬油味兒，立刻乖乖閉嘴，退到一旁。

不過，看著白曉月回頭，瞧著孤孤單單往遠處走的索羅定，臉上滿是心煩意亂，程子謙心中已經了然——哎呀老索啊老索，這回真是走了朵大桃花啊！

◇　◇　◇

當日的琴會遊湖在索羅定走後，圍觀者也少了大半，倒不是說索羅定威力多大，而是好些人都趕著回家做飯了。

白曉風似乎真的不太舒服，靠在榻上就睡著了。

好些丫鬟們在遠處瞧著，都想去給他蓋條毯子，但是又不敢。

唐月嫣就在白曉風身邊，有個機靈點的小丫鬟送了一條鹿皮毯子過來，遞給她。

唐月嫣接了，正想為白曉風蓋上……

這時候，突然聽到上方有風聲，似乎什麼東西正掉下來。

眾人都抬起頭一看……只見一只風箏可能斷了線，正落下來。

那風箏看著挺大一只，砸下來的速度也快，唐月嫣下意識的一抱頭，那風箏對得也準，正對著她砸將下來。

周圍的人都叫了起來，唐星治蹦起來就衝過去救自家妹子，只是稍微晚了點。

風箏越往下落看著就越大，這要是砸中了，唐月嫣弱不禁風，可別砸出個好歹來。

麗貴妃驚得都站起來了。

唐月嫣抱著頭閉著眼睛等了好一會兒，卻沒有疼的感覺，抬頭一瞧……只見身邊原本應該已經睡著了的白曉風抬手抓著那只風箏，似乎睡眼惺忪，正打量那只風箏上的花樣。

眾人都長出了一口氣。

「嫣兒！」王貴妃趕緊過來拉過唐月嫣去查看，「傷著沒？」

唐月嫣搖頭，雙眼卻是看著白曉風，面頰又紅了幾分。

「不知道是誰在這種鬧市放風箏，真是混帳，傷著人怎麼辦！」唐星治不滿。

白曉風將風箏放在了一旁，也不吱聲。

這時候，眾人都去安慰唐月嫣。

胡開見她眼圈紅紅似乎是嚇著了，就道，「鐵定是那風箏見妳太好看了，被好看暈了就掉下來了。」

油嘴滑舌一句，逗笑了唐月嫣，也逗笑了身邊不少人。

當然了，身邊人裡不包括托著下巴發呆的白曉月。

「老索就特別喜歡放風箏。」程子謙一句話，成功將發呆中的白曉月叫醒了。

「他不是喜歡騎馬打仗嗎?還喜歡放風箏呢?」白曉月好奇。

「那是，他還喜歡在放風箏的時候，扯斷繩子，讓風箏飛走。」程子謙笑嘻嘻，爆他兄弟的八卦給白曉月聽。

「為什麼啊?」白曉月不解。

「這裡面有個故事。」程子謙慢悠悠說，「事關老索小時候跟老乞丐流浪，看到別人都有爹娘，就他沒有，還總被人攆來攆去，就問那老乞丐:『為啥沒人喜歡我呢?』」

白曉月心中一痛，所謂關心則亂吧，鼻頭都酸溜溜。

「說話那會兒，這麼巧，不知從天上哪兒飄來了一只無主的風箏，正砸到索羅定腦袋上。」程子謙一笑，「老乞丐就跟他說，誰說沒人喜歡你，瞧這風箏只是路過，都下來跟你打個招呼。」

白曉月忙問，「那個風箏呢?他一直收著吧?」

「沒啊。」程子謙搖搖頭，「他裝上線，放上天後割了線繩讓風箏飛走了。」

「為啥啊?」白曉月不明白。

程子謙笑嘻嘻道，「這是老索身上十大未解之謎裡面的一個，我也沒搞清楚他幹嘛放走風箏，妳有興趣就幫著打聽打聽唄。」

白曉月皺著眉點點頭——這樣啊。

離他們不遠，唐月茹聽到了程子謙的說話，就問還躺著假寐、沒去安慰唐月嫣的白曉風，「你猜他幹嘛放掉風箏？」

白曉風緩緩睜開眼，伸手輕輕摸著下巴想了想，一挑眉，說，「大概那風箏是只公的，他想要只母的。」

「咳咳……」程子謙讓茶水嗆住，一個勁咳嗽。

唐月茹笑著搖頭，「又胡說八道了。」

白曉風見她難得沒了愁容笑起來，就也陪她笑了笑。

岸上的人只看到白曉風和唐月茹一個躺著一個坐著，不知道說了什麼，都笑起來，那畫面就跟一幅畫似的，俊男美女青山碧水，誰不中意？

◇　◇　◇

畫舫靠岸後，麗貴妃要帶眾人去吃飯，白曉風推說身體不好不去了，唐月茹要進宮去看皇上，先走了。

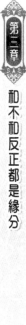

白曉月見索羅定不在，興趣缺缺說沒有胃口，匆匆回了書院。她在書院內外轉了一圈，卻不見索羅定的身影——這會兒天都快黑了呢，人上哪兒去了？

「大概在軍營騎馬。」程子謙拿著厚厚一疊手稿，邊好奇的問白曉月，「丫頭，要不然咱們合作怎麼樣？」

白曉月好奇問，「怎麼合作？」

「妳不是中意老索嗎？」

白曉月臉上紅了幾分，否定，「才沒！」

「嘿嘿。」程子謙笑得會心，這姑娘嘴皮子那麼硬呢。「不如這樣，妳幫我打聽妳哥的八卦，我幫妳把老索弄到手。」

白曉月面上又紅了紅，默默伸出一根小指……

程子謙差點噴了，這姑娘為了自己終身幸福賣大哥賣得毫不猶豫。

兩人拉了拉勾，程子謙就問，「書院那麼多姑娘，妳大哥究竟喜歡哪個？」

白曉月想了想，回道，「我哥一個都不喜歡。」

程子謙一愣，「啊？」

白曉月點頭，「真的！」

「妳哥另外有心上人？」程子謙的八卦之血沸騰了。

「也沒有……」白曉月背著手在院子裡溜達，「你想，如果有一天哥哥說選親，得有多少姑娘來排隊？」

程子謙倒是還真有資料統計，「別的地方不算，光皇城之中說願意嫁給妳哥哥的就有幾萬個姑娘，占皇城年輕姑娘總數的六成。」
「看吧！」白曉月點點頭繼續說，「咱不說別的，就說這幾萬個姑娘裡面，環肥燕瘦肯定應有盡有是吧？再說這書院裡，月茹姐姐美貌、月嫣嬌俏、夏敏姐姐有才情、寶寶憨傻可愛，人都說各花入各眼，那是一、兩盆花而已，關鍵現在滿院子都是花，你讓大哥怎麼挑？」
程子謙刷刷的記錄著，邊搖頭，「這理由太欠揍了，皇城多少男人羨慕都羨慕不過來，真不好挑就多挑幾個嘛！」
白曉月一笑，「那可不行，哥哥說了，他只要一個。」
「哦？」程子謙聽出了些重點，「哪一個？」
白曉月想了想，說，「不要最好的，要最對的。」
「對……」程子謙在一頁紙上寫了個大大的「對」字，撓頭，「這還有對錯呢？」
「那我哪裡知道。」白曉月背著手，瞇著眼睛瞧程子謙，「我幫過你了，禮尚往來！」
程子謙立馬壞笑，「哈，妳這個丫頭夠實在！老索最喜歡花雕，妳這會兒提著花雕跑去軍營，說不定他還教妳騎騎馬呢。」
白曉月皺眉頭嘛嘴拒絕，「不要，太主動了！」
「女追男隔層紗！」程子謙戳戳白曉月的肩膀，勸說，「妹子，不要害羞啊！這年頭，害羞被雷劈啊！」

白曉月走到一旁，抱著不知道什麼時候蹭過來的傻傻揉毛，樣子看起來特別糾結，「還有沒有別的法子？」

程子謙也蹲下，托著下巴想了想，「嗯……要不然妳就主動出擊，要不然就不要操之過急。」

白曉月仰起臉看他，問，「何解？」

「讓老索中意妳了倒過來追唄。」程子謙挑挑眉。

白曉月看著他，又問，「你有好的法子嗎？」

程子謙咧嘴笑，拍胸脯保證，「包在我身上！」

白曉月見程子謙說完，溜溜達達出門了，她有那麼一點點懷疑：這程子謙神經兮兮的，不知道可靠不可靠？

◇　◇　◇

天黑的時候，索羅定回來了，手上拿了一大油紙包的東西，進院子就撞見白曉月和傻傻了。

索羅定拿油紙包在傻傻眼前一晃，傻傻就搖晃著尾巴跟他進院子了。

白曉月好奇的跟進去看，只見索羅定包回來了一大包的新鮮野味，似乎是剛剛烤熱的，油汪汪。

索羅定拿出一罈子酒來，扔了一根帶了好些肉的大骨頭給傻傻，傻傻歡快的叼進嘴裡，跑到一旁啃骨頭去了。
索羅定見白曉月還在門口，就問她，「妳沒跟他們去吃飯啊？」
白曉月晃悠進來，答道，「沒有。」
「那妳吃飯了沒？吃不吃肉？」索羅定遞了隻黃澄澄的烤雞腿給她，「嚐嚐軍營伙夫的手藝，野雞腿！」
白曉月挽起袖子，伸手接過來，坐在石頭凳子上，朝油紙包裡看，就見還有烤好的各種野味，都沒見過，就問，「你打獵去啦？」
「嗯，手癢就跟兄弟們去了趟山裡，最近山貨多。」索羅定說著，手開始往自身上摸。
白曉月皺眉，拿帕子給他擦手，「蹭一身油！」
索羅定訕訕擦了擦手，伸進衣服裡拿出一樣東西來，放在桌上。
「咦？」白曉月伸手拿起來看，就見是好大一塊琥珀，裡頭有一隻斷了半邊翅膀的蝴蝶，雖然是斷翅，但顯得更加特別。
「剛剛在山裡撿到的。」索羅定啃了一大口肉，跑進屋裡翻箱倒櫃找了根釘子出來，在琥珀上鑽了個眼兒，遞給白曉月，「拿去當扇墜。」
白曉月驚喜，「給我的啊？」
索羅定繼續啃了口肉，然後說，「嗯，我大男人要這玩意兒幹嘛？當然撿回來拍夫子馬屁！」

白曉月小心翼翼將琥珀收進荷包裡，給了索羅定一個大大的笑容，笑得索羅定一哆嗦——這丫頭平日看著嘴挺小啊，瞧這笑得見牙不見眼的！

白曉月稍稍放下點美女該有的矜持，拿著野雞腿狠狠啃一口……好吃！

沒一會兒，烤味的香味把院子裡的貓狗和程子謙都引來了。

「哇，有野兔子嗎？」程子謙撲過來問道。

索羅定將野兔子給他。知道程子謙最喜歡吃烤野兔，他那幾個部下沒事兒就會逮幾隻烤好了送來。

這時，院子裡幹完了一天活的小廝丫鬟們也被引過來了，白曉月讓大家都來吃，反正有好多，根本吃不完。

等白曉風被引來的時候，一院子的人都在狼吞虎嚥的吃肉了。

有些哭笑不得，白曉風走到桌邊坐下，白曉月拿了香噴噴的麅子肉給他。

白曉風捲了捲袖子接過來，吃得不算斯文也不算粗魯，邊問索羅定，「你知道崑山嗎？」

索羅定愣了愣，問，「你說皇城西邊那個山包？」

「嗯。」白曉風點頭，「崑山書院明天要來參觀，說不定還要比試一下。」

索羅定聽了一隻耳朵進一隻耳朵出，心說有書院來比試那也是文試又不是比武，跟老子有什麼關係？

「我準備派你出去應試。」

白曉風一句話，讓索羅定嚼肉差點咬到自己舌頭，張大了嘴拿骨頭指指自己，問，「我？」

白曉風點點頭。

「你確定？」索羅定撇著嘴詢問，「我倒是無所謂，可你不怕我丟人現眼、砸了你招牌？」

白曉風搖頭，「這崑山書院和別的書院不太一樣，你見過建在山溝裡的書院嗎？」

索羅定沒聽明白，又問，「什麼意思？」

「我知道。」程子謙萬事通，拿袖子抹了抹油汪汪的嘴，解釋起來，「這個崑山書院的院長是個武夫，十分凶惡，在他書院唸書的學生不只要會文還要會武功，而且這書院特別喜歡找人挑戰比試，以比試之名耍陰招，被他們盯上的書院基本上都要關門，還要被贏走好多銀兩，學生都有可能會受傷！」

索羅定皺了皺眉頭，不太確定的問，「曉風書院裡都是皇子公主，這他也敢來啊？」

這一點，程子謙似乎也很不解，問白曉風，「對啊，就算給他們一百個膽子，他們也不敢傷那批皇子皇孫吧？」

白曉風拿出了一張拜帖往桌上一扔，「理由我也不知道，但是人家既然要來，我總不能關門不讓進吧？」

程子謙拿過請帖看了一眼，皺眉遞給索羅定。

索羅定一看到龍飛鳳舞一排字就頭疼，帖子看都沒看一眼，喝著酒拿油呼呼的手拍白曉風肩頭雪白的衣衫，保證道，「放心，說來說去不就是踢館嗎？管他什麼鳥，敢來書院鬧事就讓他變死鳥！包在爺身上。」

◇◇◇

次日清晨，索羅定依然起了個早，照往常的樣子到院子裡練功，出了一身汗，還跑去後山的河裡游了一圈，神清氣爽甩著袖子回書院。剛進門，就看到院子裡站著好些人。

只見院子中間，左起依次站著程子謙、白曉月、胡開、元寶寶、唐星治五人，仰著臉看著天。

索羅定走過去，抱著胳膊往程子謙旁邊一站，仰著臉也看……

只見在院子上方，屋頂一角，蹲著一隻倉梟，一雙綠油油的大眼睛盯著下面的人看。

索羅定搔了搔耳朵，問程子謙，「牠是你們誰家親戚？」

眾人一起低頭，白了他一眼。

這時，那梟「咕嚕嚕」一聲，撲扇著翅膀飛走了。

眾人都輕輕「唉」了一聲。

索羅定好奇，問，「幹嘛唉聲嘆氣的？」

程子謙抬起頭看索羅定，「你不知道嗎？」

「知道什麼？」索羅定一臉納悶。

「梟立於頂，乃是不祥之兆！」程子謙說得認真。

索羅定咧嘴不屑，「這有什麼不祥的？不就是隻鳥。」

「嘖嘖。」程子謙刷刷的在自己的資料簿裡寫了幾筆，「看來要小心鳥人！」說完，跑出去忙自己的事了。

唐星治斜了索羅定一眼，問，「聽說一會兒崑山書院的人要來？」

索羅定愣了愣，差點把這事忘了，點頭，「是吧。」

「你有準備嗎？」胡開問，「崑山書院的院長莫崑山可不好對付。」

「多不好對付？」索羅定還來了些興致。

「據說他是馬賊出身，手上不少人命官司，後來朝廷剿匪，他就帶著他那批小弟轉做書院了！」胡開他爹燕王也掌管軍情，所以他知道這方面的事情不少，「這小子藉著塊書院牌匾，到處吞併人家書院。」

索羅定聽著，看了看唐星治和胡開。

這兩人下意識的看向一旁。

索羅定嘴角微微一挑，轉身準備進屋。

白曉月覺得氣氛有些奇怪，剛想問問索羅定吃早飯了沒有，唐星治就先開口，「曉月啊，一會兒妳們女眷先去別的地方避一避吧。」

白曉月一愣，問，「為什麼啊？」

「哦，那些都是粗人！」胡開笑著道，「妳們一個兩個都嬌貴，上我府裡陪我娘看大戲去吧。」

白曉月還想留下來，看一會兒有沒有機會給索羅定幫幫忙呢，看什麼大戲啊，自然不肯，「沒事兒，你們都在呢，怕什麼？」

胡開攤手。

唐星治見白曉月說完跑出院子忙去了，就瞪了胡開一眼，「你不會找個好點的藉口？」

兩人邊小聲爭執，邊回頭，就見索羅定抱著胳膊，靠在院門邊看著他們倆呢。

「咳咳。」唐星治咳嗽了一聲，示意胡開別吵了。

胡開看了索羅定一眼，道，「你一個人行不行啊？不如我跟我父王要點兵來？」

索羅定上下打量了他一下，覺得好笑，問，「你爹兵有我多嗎？」

胡開倒是反應過來了——也對，索羅定是大將軍，手下幾十萬兵馬呢。

「不過，我要動兵馬，那得請示一下皇上。」索羅定說完，就看到唐星治的神色變了變，便也心中有數……

他走到一旁的一張石凳子上坐下，伸手對兩人點了點，「來來。」

唐星治和胡開對視了一眼，似乎猶豫著。

「那我去宮裡問問皇上，能不能動兵馬。」索羅定作勢要站起來。

「唉，等等！」唐星治趕緊伸手一攔，顯得很尷尬。

索羅定瞇眼，再度指了指兩人，「我就說一個崑山書院敢來曉風書院踢館，敢情是你們倆惹來的麻煩吧？」

唐星治和胡開都不說話，樣子很是沮喪。

索羅定撇嘴，心說這兩個臭小子不知道幹什麼壞事了，估計怕皇上皇后知道。

「吶，索將軍。」胡開見這回要求索羅定幫忙，也不好再跟他橫。

不過，索羅定被他那一句「索將軍」叫得渾身汗毛凜凜，乾笑了一聲，「你們倆闖什麼禍了？」

胡開看看唐星治，六皇子扭臉看一旁，那意思是——你說吧。

「我們上回去賭錢，輸了銀子給崑山書院的人。」胡開道，「起先只是輸了小數目，五百兩。」

索羅定嘴角就抽了抽，心說，快來個旱天雷劈死這兩個二世祖吧，五百兩還小數目！

「可是那幫人好像知道我們的身分，合夥使詐。」胡開憤憤不平。

索羅定別的可能不懂，不過說到賭錢之類的市井事情，他熟得很，估計這兩個缺心眼的公子哥兒是遇上騙子了，就問，「你們是不是先進賭場，等輸了錢發現錢袋被偷了，這時候有人說先借錢給你們還帳，三天後來還錢，不過還的要翻倍，是不是？」

胡開和唐星治對視了一眼，都不解的看向索羅定，「你怎麼知道？」

「只有你們兩個蠢材才會鑽了套都不知道。」索羅定搖頭，「你們第三日去還錢，人家是不是跟你們索討差不多二十倍的錢？」

唐星治和胡開都皺眉頭。

的確，他們第二日去還錢，對方說錢不是賭坊的人借的，是一個叫莫崑山的，也就是崑山書院的院長借給他們的。他們去還錢，說好了五百兩三日後翻倍，那就是還一千兩了，可是對方卻說不是翻倍，是三倍，是他們聽錯了，還說是每天三倍利滾利，也就是第一天三倍、一千五百兩，第二天就六倍、三千兩，第三天就變成九倍、四千五百兩，總共要還九千兩！

索羅定搖了搖頭，摸著下巴思索，「那莫崑山看來是個高利貸的，加上之前你們被偷走的五百兩，前前後後，可真是差不多損失了一萬兩呢。」

「現在一萬兩都不止了。」胡開嘟囔了一句。

索羅定納悶問，「你們倆那天沒給錢？」

「有病啊，一萬兩呢！」唐星治皺眉，「這一千兩還是跟葛範借的。」

索羅定覺得有趣，「沒理由啊，你們倆一個皇子、一個小王爺，連一千兩都拿不出來？」

唐星治嘟囔了一句，「我每個月銀子只有幾十兩，其他花銷都是宮裡給，皇娘每個月都要查帳目的，我稍一多花錢就要被打，還要抄十幾二十遍《帝王志》。若是讓皇娘知道我去賭錢，肯定打斷我的腿！」

「就是。」胡開也插嘴，「那天正巧碰到個算命的，說什麼站在西北位一定贏錢，我們倆試了三把明明都贏了，可第四把所有錢都押上了卻輸了……」

索羅定聽了，抽著嘴角搖頭，「明顯是一夥的騙子，你們倆缺心眼三個字都寫腦門上了。」

唐星治面紅耳赤，胡開也挺掛不住面子的。

「等一下……」索羅定摸著下巴像是想到了什麼，「你們這事情告訴白曉風了沒有？」

唐星治和胡開對視了一眼，都點點頭，「白夫子說他會想法子幫我們解決，讓我們這幾天都聽你的。」

索羅定鼻子都冒粗氣了，站起來，指著門口，「門口偷聽的那個丫頭給我進來！」

索羅定一句話，胡開和唐星治都一愣，騰的站起來往門口看。

就見白曉月慢慢從門口探了個頭出來，吐了吐舌頭──被發現了！

「白曉風呢？」索羅定問她，心說好你個白曉風啊，拿老子當傻小子使。

白曉月眨眨眼，說，「哥哥昨晚上就出門去了，說晚上才能回來呢，還說曉風書院今日不是有來參觀的嗎？人家的拜帖他給你看過了，讓我們都聽你的，你招呼客人就行啦。」

索羅定上下一摸，摸出了那份帖子打開仔細一看──雖然他文采不好，不過字還是認識不少；再加上崑山書院那群人字雖寫得龍飛鳳舞，不過文采也就一般般，基本上寫的都是大白話，所以信件內容很容易明白。

帖子上說，曉風書院的學生欠了他們崑山書院四十八萬五千一百七十六兩銀子，明日來要錢，讓白曉風準備好銀子，不然他們就要拆了書院。

好傢伙！索羅定那個愁啊，白曉風也十分會算計了，自己昨晚怎麼不仔細看看這帖子啊！

正這時，門口程子謙拿著一大疊紙屁顛屁顛的跑進來，喊道，「老索，踢館的來了！」

索羅定一皺眉──不是吧，老子早飯都沒吃！

「怎麼辦？」胡開著急，「來不及叫人了！」

「叫個屁啊，你們倆想把事情鬧大嗎？！」索羅定白了兩人一眼。

唐星治也顧不上情敵不情敵了，一拉索羅定，叮囑，「喂，這次的事情絕對不能傳出去，要是讓我皇娘知道我賭錢還欠了那麼多錢，她打我一頓事小，萬一氣出病來可不得了！」

索羅定看了看他，一挑眉，「你還滿孝順的嘛。」

唐星治嘴角抽了抽，「廢話。」

索羅定一抱胳膊，想了想，說，「得，不過你們倆一會兒可得聽我的。」

唐星治和胡開對視了一眼，都點頭。

索羅定問白曉月，「書院裡的人呢？」

白曉月道，「葛範和石明亮還有寶寶、夏敏已經在海棠齋溫書了，月茹姐姐和月嫣今日都請假。」

索羅定看了唐星治一眼，「你那一個姐姐、一個妹妹是幫你進宮做探子，順便拖住你父皇母后吧？」

唐星治臉上更加難看了幾分，「知道還說。」

索羅定也不理他，抬腿踹了一腳蹲在一旁奮筆疾書的程子謙，「哎，去幫我守著門口，一會兒人都進來了你就鎖住門，別讓人跑了。」

「喔。」程子謙抱著一疊厚厚的稿紙就去幫索羅定跑腿了。

唐星治皺眉看著索羅定，問，「關門？你要幹嘛？」

「幹嘛？」索羅定從一旁的刀架子上拿下一把刀來，說道，「殺人滅口啊！」

眾人都一驚，往後退了兩步。

索羅定聽到外面似乎有腳步聲，手腕一甩，對眼前三個傻呵呵看著自己的人示意——去海棠齋。

唐星治和胡開就帶著白曉月走了。

白曉月跑兩步一回頭，望著索羅定——你一個人行嗎？

索羅定對她伸出了小指頭晃了晃——小意思！

白曉月點點頭，和唐星治、胡開一起跑進了海棠齋。

◇　◇　◇

白曉月等人剛坐穩，就聽海棠齋外頭有人扯著嗓門嚷嚷，「白曉風呢？讓白曉風出來！」

唐星治和胡開對視了一眼——這公鴨嗓門，正是那天騙他們的那個莫崑山！

「怎麼了？」

前排的夏敏和元寶寶有些不解，往門外看。

石明亮和葛範跟胡開和唐星治是死黨，自然也知道怎麼回事，都有些擔心。

葛範小聲對唐星治說，「要不然我替你還了這銀子吧？省得鬧大了。」

石明亮畢竟比較有腦子，搖頭，「銀子一還可不得了，不是小數目；而且紙包不住火，這事情若是張揚出去，影響日後星治的前途。」

「可是索羅定真的靠得住嗎？」胡開有些擔心，「他瘋瘋癲癲的。」

石明亮皺了皺眉，分析，「他瘋，白夫子可沒瘋。既然白夫子說了交給他解決，估計有辦法吧。」

四人正竊竊私語，冷不丁身背後的白曉月插了一句，「你們四個夠可以的啊！人家欠你們的嗎？自己捅了那麼大的婁子，不知道悔改就知道叫別人幫忙補救。索羅定跟你們非親非故，你們昨兒個才在船上合夥戲弄人家，今天他肯幫忙，你們還在背後嘰嘰喳喳，不當英雄就算了，學婦道人家碎嘴子，真不像話！」

四人被白曉月搶白得滿面通紅，尷尬的回頭。

唐星治早就聽聞白曉月是出了名的刀子嘴，只是之前覺得她斯斯文文也不多話，見人喜歡眯眼笑一個，可愛得緊，就覺得是外界胡亂評說她，這會兒看來，名不虛傳啊！刀子嘴！

白曉月說完了這四人，心裡稍微舒服了一些，就豎著耳朵聽著外頭的動靜。

唐星治湊過來，喊了一聲，「曉月……」

白曉月瞪了他一眼，斥道，「坐著去，少說話！」

唐星治這輩子還是頭一回被個姑娘這麼嫌棄呢，回去坐下，心裡頭倒是沒怎麼惱，反而覺得白曉月愛恨分明，比那些柔柔弱弱就只會哭鼻子的鶯鶯燕燕好多了！做皇后的不二人選！

唐星治接過借據一看，驚訝的望著索羅定，問，「你怎麼拿回來的？」

「以其人之道還治其人之身唄！」索羅定咧嘴一笑，「我跟他們說白曉風籌錢去了，讓我招呼，反正閒著也是閒著，不如賭錢玩一下下……他們連身家性命都輸給我了，褲衩都是大爺借給他們的，這四十萬兩自然也輸進來了。」

唐星治睜大了眼睛看著他，不可置信，「你賭神轉世啊？一個人贏那麼多個人？」

索羅定撇嘴，不屑道，「爺賭錢的時候他們還穿開襠褲呢。」

「你是說你穿開襠褲就會賭錢啦？」唐星治一臉傻氣。

索羅定撇嘴懶得理他，轉身，「餓死老子了，去吃碗麵。」

唐星治心中一動——索羅定今早早飯都沒吃，一直賭錢賭到現在……

唐星治覺得怪不好意思的，伸手抓了抓頭，說道，「我請你吃飯吧？」

索羅定回頭瞧了他一眼，這時候，一陣牛肉麵香味傳來。索羅定仰著臉聞著飄來的香味，稱讚，「哇，正！」

唐星治他們也咕嚕嚕肚子叫喚——其實大家一整天都沒吃什麼東西。

只見白曉月帶著好幾個丫鬟小廝，捧著一大鍋子熱騰騰的牛肉麵過來了。

眾人歡喜，拿了筷子敲空碗嚷嚷要開飯，什麼淑女公子腔調都沒了。

吃著麵，唐星治趁人不注意就把借據撕了，心稍微放下了點。

這時候，索羅定端著碗到他身邊一坐，問他，「唉，那幫人始終會醒，你拿回了借據，可難保他們不出去亂傳。」

唐星治食不知味，也是因為擔心這個。看了索羅定一眼，他問，「你有什麼辦法？」

「哈，有進步啊，知道不懂就要問人，不過態度稍微差了一點點，要禮賢下士嘛。」索羅定呼嚕嚕吃麵，然後再抬起頭，一挑眉，「乾脆啊，都宰了。」

「那怎麼行？！」唐星治一驚。

「你未來是人王地主，無毒不丈夫，殺幾個人怕什麼？以後萬一打仗死的人更多，一朝功成萬骨枯啊。」索羅定嚼著牛肉吃得慢條斯理。

「不行！」唐星治板起臉。

「哦，那他們出去傳也沒辦法了。」

唐星治皺眉。

「考慮考慮。」索羅定壞笑，「人不為己，天誅地滅啊！」

唐星治看他，良久，搖頭，「總有辦法的，反正不能殺人。」

索羅定聽後，笑了，將麵碗裡的麵呼嚕呼嚕都吃完，麵碗放下，指了指唐星治的麵碗，「趕緊吃完，吃完了就有辦法了。」

「你真有辦法？」唐星治一愣。

索羅定冷笑，「你真當阿貓阿狗都能當將軍？今天讓你開開眼！」

說完，他站起來，對著麵鍋邊笑咪咪的白曉月道，「再來一碗！」

白曉月快手快腳替索羅定盛麵，眾人都發現他那碗麵裡牛肉比麵條還多，低頭看了看自己碗裡可憐兮兮幾片碎牛肉，都忍不住癟嘴——曉月姑娘好偏心。

吃飽喝足，唐星治見索羅定叫小廝推了四輛板車來，有些不解，「這是幹嘛？」

索羅定指著地上那堆碎酒罈子，命令，「都搬到車上去。」

唐星治一愣，四周圍看看，問道，「讓我搬？」

「不然還讓我搬？」索羅定踹了他一腳，「去啊！」

唐星治揉揉被踹痛的腿，搬碎酒罈子去了。

索羅定一指旁邊唐星治那三兄弟，「一起去。」

不用索羅定說，他們三個其實也已經脫了外袍，跑去幫忙了。

索羅定靠在籐椅上打哈欠。白曉月替他送上來一盤葡萄，洗得乾乾淨淨的。

索羅定看了看她，見她依然那麼不緊不慢笑咪咪，就好奇問，「妳知道我接下來要幹嘛？」

白曉月點點頭。

索羅定接過葡萄笑，「聰明。」

程子謙從一旁冒出來，伸手拿了顆葡萄順便插嘴，「老索啊，哄女孩子要說『冰雪聰明』，光一個聰明沒誠意！」

索羅定毫不猶豫吐他一臉葡萄籽。

等天黑的時候，那四個大少爺腰痠腿疼，總算將所有的酒罈子都搬上板車，一起看索羅定，問道，「接下來呢？」

索羅定抬手，對天打了個響指。

一轉眼，院牆外面跳進來了二、三十個黑衣人，兩排跪倒在他腳邊，「將軍！」

索羅定點點頭一擺手，示意眾人起身。「按吩咐的辦。」

黑衣人一起點頭說「是」，站起來，有幾個將那些昏迷不醒的崑山書院學生扛起來出了院子，還有幾個用黑布和稻草將板車遮蓋起來，推著車從後門跑了。

索羅定站起來，說，「走吧，咱們去崑山書院回個禮。」

唐星治揉著胳膊不滿的嘟囔了一句，「明明那麼多下人呢，幹嘛讓我們搬東西……」

話沒說完，就見索羅定一張凶巴巴的臉出現在眼前，手指頭點了點他，「你他娘的嘴巴放乾淨點，人家給你賣命，你管人家叫下人，這輩子你也當不了好皇帝！」

唐星治一愣。

「做男人就大氣點。」索羅定冷眼看他，「除了有敵人之外還得有些兄弟，唯獨不需要有下人。」說完，背著手走了。

唐星治愣在原地。

身後，白曉月望著索羅定的背影捂胸口，元寶寶和夏敏都一臉讚賞的點頭。

胡開拍了拍唐星治，說，「唉，別放心上，他胡說八道也不是一天兩天了。」

說完，四兄弟彼此對視了一眼——是不是胡說八道，大家心照不宣。

程子謙又不知道從那兒冒了出來，戳戳唐星治，笑道，「好好學啊，這叫大丈夫氣概，書上學不到的。」說完，溜溜達達跑出去了。

◇◇◇

唐星治他們跟著索羅定離開曉風書院，留下白曉月幾個姑娘帶著一大幫丫鬟將書院打掃乾淨。這時候，白曉風從外頭進來了，手裡提著一只酒壺。

見院裡情景，白曉風微微一笑，徑直往裡走。

白曉月嘟囔了一句，「什麼都推給學生，不知道怎麼做夫子的。」

白曉風一愣，失笑——哎呀，索羅定有本事啊，妹妹替他說話，連大哥都數落了。

他走到白曉月身邊微微一笑，「今日一課上得可好？」

白曉月一愣，仰起臉看他，問，「什麼課啊？」

「今天我有事，所以讓索羅定代課教一節處世之道。」白曉風淡淡一笑，笑得身後丫鬟下人們暈乎乎。

他慢悠悠開口，「所謂聽君一席話，勝讀十年書，不簡單。」

他說完，笑得雲淡風輕，背著手繼續往裡走了。

白曉月伸手搶下他的酒壺，「這個留給索羅定了，不給你喝。」說完，拿著掃把跑了。

白曉風雙手空空皺起好看的眉頭嘆氣——胳膊往外拐了啊！

◇◇◇

唐星治、胡開他們四兄弟，連夜跟著索羅定摸黑來到了崑山書院，書院裡已經亮起了燈，不過卻是靜悄悄的。

五人進門，就看到那些黑衣人似乎正好辦完事，一起過來給索羅定行禮，「將軍，都安排妥當了。」

索羅定點了點頭，黑衣人就外出等候了。

胡開好奇的問索羅定，「這些是什麼人啊？」

「軍營的高手。」索羅定隨口回答了一句，背著手在院子裡溜達了一圈，似乎覺得挺滿意。

唐星治幾人面面相覷，不明白索羅定那麼做的用意是什麼。

再環顧四周，只見滿地都是打爛的酒罈子，還有散落的銀子，一旁桌子上是殘留的賭局。

索羅定抬頭看了看月亮，似乎是在估算時辰。這時候，外頭一個黑衣人過來稟報，「將軍，人都帶來了。」

索羅定點點頭。

沒一會兒，從外面走進來了一大群人。

唐星治他們退後了一點點，看著那群人手上都拿著一疊疊厚厚的字據，摸不著頭腦。

索羅定接過來看了看，問為首一個白鬍子的老頭，「都算清楚了？」

「清楚了！」那老頭點了點頭。

胡開覺得他有些眼熟。

石明亮提醒，「那是葉志成葉夫子，志成書院的院長，之前志成書院不就是因為欠了崑山派的錢，被迫關門了嗎？」

「那個是王夫子！」葛範也認出來了一個，指著告訴胡開他們，「他家書院似乎也被崑山書院搞垮了的！」

索羅定收了一大疊厚厚的字據，交給了幾個手下。手下捧了一盒印泥，拿著字據，到莫崑山身邊，抓著他的手，挨個在字據上按手指印。

唐星治好奇跑過去，拿過一張按好了手指印的字據看了看——發現是借據，寫的是莫崑山欠了各個書院多少錢。

等一排手印都按好後，索羅定又讓一個手下去看看知府來了沒有。

「到山下了！」手下回稟。

索羅定點頭，指了指地上幾個醉漢，下令，「弄醒他們，五花大綁，嘴堵上！」

「是！」

屬下三兩下將那群醉漢捆了個結實，又用水潑醒。

這時，書院外面傳來凌亂的腳步聲，看來是衙門的人來了。

唐星治稍微有些緊張，索羅定瞟了他一眼，「你怕什麼，你是皇子，這裡誰比你大？」

唐星治抿了抿嘴。原本可能是，可是這會兒作賊心虛……

「你知不知道當年諸葛亮是怎麼唱空城計的？」索羅定問唐星治。

唐星治眨眨眼，反應不過來。

「死撐啊！」索羅定有些恨鐵不成鋼的白了他一眼，還有他身後三個平時看起來聰明又滑頭、今天直冒傻氣的難兄難弟。「擺譜會不會啊？橫一點！」

四人彼此對視了一眼，都挺了挺胸脯。

「再神氣一點！」索羅定看著著急。

唐星治深吸一口氣，胸脯都快挺到下巴上了，看索羅定，問，「這樣行不行啊？」

索羅定點點頭，那意思像是——這還差不多。

四兄弟都不知道接下來會怎樣，但知府大人已經著急慌忙的跑進來了。

見院子裡一片狼籍，找了一圈，一眼看到了索羅定。

畢竟官階不同，小小的知府連忙過來行禮，這裡一個皇子、一個小王爺還有一個大將軍，每個都比他大幾倍，知府直擦汗。

「知府大人。」索羅定抱著胳膊，指了指前方地上幾個被捆了個結結實實、還被堵上了嘴的崑山書院師生，「是這麼回事，西域進貢朝廷的一批貢酒半路被人劫走了，我幾個屬下查到崑山書院的人有嫌疑，所以我帶人來看了看，你看……」

說著，索羅定一指地上的酒罈子。

幾個衙役過去撿起了兩個破罐子來給知府，就見罐子底部有「貢」字印，嚇得知府抽了口冷氣，指著地上幾個剛剛醒了酒、一個勁搖頭的崑山書院師生，喝斥，「吃了熊心豹子膽了你們，連貢品都敢搶！」

有仵作過去聞了聞，那些人全身西域葡萄酒的味道，立刻回稟，「大人，他們把貢酒都喝了！」

「不只啊！」索羅定擺擺手，指了指那群拿著借據的老夫子們，跟知府說，「這幫人不只搶貢品，還借了這些書院的銀子不還。」

「有此等事？」知府一驚。他雖然不知道其中的來龍去脈，但這幾家書院是怎麼垮的，整個皇城的人都有點數。

能在皇城當知府，必定是有一點智慧的，他一看這局面，自然點頭連連，索羅定說什麼就是什麼，反正這崑山書院為非作歹也不是一天兩天了，活該他們今天落到索羅定手裡，不死也得脫層皮。

知府下令衙役在崑山書院尋找錢庫，找到後將銀兩都還給這些夫子們，一切按照借據辦事。

沒想到的是，衙役們在書院裡找到了一間藏匿於地下的錢庫，裡面金銀萬兩、珠寶無數，有一些還是有報失的失竊品。原來這幾個書生平日除了騙和搶，還會偷，這下好了，人贓俱獲。

索羅定嘖嘖兩聲，「哎呀，這幾個簡直十惡不赦呀，這張嘴還胡說八道……」

「索將軍放心！」知府抱著拳對索羅定再三保證，「這種賊子必須嚴懲，下官回去立刻將他們收押，絕對不會讓他們胡說八道，再為害鄉里！」

索羅定微微一笑，上下打量了那知府幾眼，「知府大人紅光滿面，前途無量啊。」

知府美得跟什麼似的，一個勁作揖，「承蒙索將軍貴言。」

唐星治終於明白索羅定是用什麼辦法了，也不得不佩服他想得周到……原本以為他只是個粗人，沒想到還挺懂些為官之道的呢。

一想到這兒，唐星治覺得應該也給這幫忙的知府道個謝，挺起的胸脯剛剛鬆一鬆，就見索羅定瞪了他一眼，驚得他趕緊挺胸，繼續擺譜。

知府大人早就看見身邊的唐星治了，就見他全程一言不發，似乎事不關己，便有些好奇。

按理來說，如果要索羅定出面解決的……那必然是關係重大的事。還要這位皇子跟著來，又似乎不關皇子的事……莫非關係到皇上？或者是皇上吩咐做的？

知府見那幾個崑山書院的書生一個勁搖頭，嘴還被堵上了，就猜想他們肯定知道什麼皇家秘密。暗自咧嘴，那知府囑咐屬下，將這幾個書院的的人單獨關押，千萬別讓他們說話、也別聽他們說什麼。

唐星治看了索羅定一眼，莫名就有些不是滋味……這索羅定不是個武官、大老粗嗎？平日那麼缺心眼，怎麼突然那麼厲害？

索羅定見事情都解決了，就打了個哈欠轉身出門。

唐星治等人見左右無事，就也跟著走。

◇　◇　◇

一路下山，四兄弟跟在索羅定身後眉來眼去。

葛範指了指走在前面的索羅定，問唐星治，「要不要跟他道個謝？」

唐星治臉都皺成包子了……就事論事，白曉月說得是對的，索羅定跟他非親非故，自己之前還處處針對他，這次他還肯出頭幫忙，可臉上掛不住，怎麼開口啊？！

一路猶豫，就回到書院了。

索羅定飛奔向自己的臥房，已經過了他的睡覺時間了，要趕緊去躺平。

唐星治他們跟到他院門口，索羅定回頭瞧見他們還在，就一擺手，「都睡去吧，事情解決了。」說完，跑去睡覺了。

眾人面面相覷，只好退出來，各自回屋。

到了屋裡，唐星治翻來覆去睡不著，正煩悶，就聽到「篤篤」兩聲輕輕的叩門聲。

唐星治坐起來，跑去打開門，只見一個黑衣人跪在他的門口，「六皇子，皇后召見。」

唐星治嚥了口唾沫，下意識的摸了摸自己的屁股，心說——完了，他娘肯定知道了，這頓屁股是逃不掉的了。

唐星治哭喪著臉，跟隨那侍衛進了宮，不出意料，到了祠堂門口。

祠堂裡清清靜靜，一尊菩薩、幾個牌位，一個蒲團、一個木魚。他皇娘穿著一身便服，跪在蒲團上，邊捻著佛珠，邊輕輕敲著木魚……像極了平常人家為子女祈福的慈母。可唐星治心裡明白，他娘，可不是什麼慈母！

戰戰兢兢走進祠堂，唐星治跪在他娘身後，給她請安。

但是皇后娘娘似乎沒聽到，還是咚咚敲著木魚，唐星治只能跪在後面，一動不動等……

這一等，就等了差不多一個時辰，唐星治又不敢動，直跪得雙膝發麻，只好左扭右扭，終於……他娘的木魚聲停了下來。

唐星治趕緊打起精神跪好。

就見皇后娘娘放下木魚和念珠，緩緩站了起來，回頭看唐星治。

唐星治低著頭也不敢動。
皇后看了他良久，開口，「五鐧。」
唐星治就覺得腦袋嗡嗡響……
鐧是他娘用來打他的銅鐧，只要他做錯了事，她娘通常都會打他。這銅鐧有手腕那麼粗，外面是銅的，裡面空心，灌滿了泥沙，這一鐧打下去就是皮開肉綻。他娘以前最多那次也只是打了他三鐧，這次竟然是五鐧。
唐星治雙眼濕潤。之前他看到葛範的娘親，溫柔體貼，從來不關心葛範日後會不會成才，只關心他身體是不是好、餓不餓、開不開心、悶不悶……可他娘親，平日不是唸佛就是訓斥，再不就是打，都沒有一個笑臉。
「今日我本該打死你。」皇后說的話比臉色還冷，「但是你也算有所得，就饒了你的命。」
唐星治一股急火攻心，就頂了句嘴，「乾脆打死我好了！反正活著也沒什麼意思！」
唐星治也不敢抬頭看他皇娘的臉，估計這會兒凶著呢！
皇后沒說話，四周靜悄悄的。
正這時候，就聽外頭傳來腳步聲。
皇后抬頭一看，只見是皇上身邊的一個小太監跑了過來，到門口就行禮，「啟奏娘娘，皇上說夜發驚夢，夢到六皇子抱恙，再睡不著了，說請六皇子過去。」

唐星治心中就唸——阿彌陀佛啊！父皇比佛祖還靈啊！

皇后知道今兒個這錮是打不成了，瞪了唐星治一眼，對小太監說，「我讓他換件衣裳，馬上就去。」

小太監就到院門口等候。

皇后看了唐星治一眼，命令道，「起來。」

唐星治站起來，瞧著他娘。

「你知我為何打你？」

唐星治心知什麼都不可能瞞過他娘親，就道，「因為我賭錢。」

「不是。」

唐星治愣了愣，又問，「因為我被人騙？」

皇后搖了搖頭，「不是。」

唐星治搔了搔頭，依舊想不透，「我……」

「你真的不知道你錯在哪裡？」皇后問。

唐星治搖了搖頭，見他娘瞪眼又忙著點頭，很是混亂。

「你知不知道索羅定為什麼要幫你？」

唐星治心說我哪兒知道，但是又不好直說，就道，「他是要顧全皇家的面子？」

皇后冷笑，搖頭。

「那……他人好？」唐星治結結巴巴，他娘的臉色好難看啊。

皇后盯著唐星治看了良久，然後緩聲說，「他幫你，是因為你不肯殺人。」

唐星治一愣，隨即想起之前的對話，但同時也一身冷汗——他娘竟然知道，皇后究竟派了多少人在身邊監視？可想想又氣悶，既然那麼多人在身邊監視，見他被騙，怎麼不出來幫個忙？

「索羅定是沒法拉攏的人，用錢買不到的、用武力威脅不了的，不是出於他自願，誰都逼迫不了他，這種人，一旦對你忠心，便是永不會背叛的人才。」皇后搖頭，滿臉失望，「你整天跟那些豬朋狗友混在一起，真正的人才在眼前，卻不知道籠絡，你日後怎麼做帝王？」

唐星治一聽這話覺得刺耳，嘟囔了一句，「誰說我朋友是豬朋狗友了，他們不知道多講義氣……」

話沒說完，「啪」一聲，皇后狠狠給了他一個耳光。

唐星治捂著臉心裡委屈，不過他也強，「我不覺得索羅定就會比胡開他們講義氣。」

「啪！」又一個耳光。

唐星治兩邊腮幫子火辣辣的痛，捂著嘴不說話了。

皇后娘娘瞪圓了一雙眼睛，「不要拿些燕雀跟鴻鵠比較，你給我記住了，從今以後，不准跟索羅定鬥氣！」

唐星治一百個不服氣，心說我才是妳親生的，索羅定是妳什麼人啊？還為他打自家兒子兩個耳光！

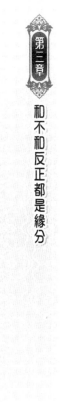

◇◇◇

被皇后娘娘攆出祠堂，唐星治一肚子的不開心，晃悠到了皇上的寢宮附近，就見寢宮燈亮著呢。

唐星治輕輕嘆了口氣，他父皇不知道是看書呢、還是研究字畫棋譜呢……反正他很多事情可以做，還有很多娘娘、很多子女。

盡量將臉上的不悅掩去，唐星治走進了寢宮。

寢宮裡，皇上正披著披風、坐在桌邊看一份摺子，見他進來了，瞄了一眼，「嘖嘖」兩聲後說，「到底還是叫你娘打了呀？」

唐星治到了桌邊坐下，噘著個嘴。

「還好你姐叫我去救你。」

唐星治驚訝抬頭，問，「月茹姐姐告訴你的？」

「她臨走的時候說，今夜估計你會挨揍，而且還會挨狠揍，讓我記得派人去救你。」皇上似笑非笑，伸手戳了戳唐星治的腮幫子，疼得他一齜牙。

「這回幸虧月茹姐姐機靈。」唐星治悶悶的道。

皇上見他煩惱，就問，「你娘跟你說什麼了？」

唐星治癟嘴，不想提起。

「那些婦道人家見識淺薄，不用理會。」皇上擺擺手，說出來的話卻是出人意料。

唐星治微微一愣，抬頭，詢問，「父皇覺得我不用討好籠絡索羅定？」

皇上一笑，解釋道，「你娘那句話本身就是矛盾的，什麼叫索羅定這人沒法籠絡，卻偏偏又要你去籠絡？」

唐星治想了想，點頭，「對哦！」

「餓不餓？」皇上問他。

「嗯。」唐星治早就肚子咕咕叫了。

「吶。」皇上輕輕敲了敲桌上的湯盅，「宵夜。」

唐星治立刻笑了，伸手捧過來，打開一看，香氣四溢，是鴿子煲。正想吃，卻聽皇上說，「你若是跟你那三個兄弟以後走遠些，這盅就給你吃。」

唐星治愣了愣，皺眉看著皇上，「父皇，我那幾個兄弟挺好的啊。」

「一個帶你去賭錢，一個隨便花錢，一個又幫你做卷子，這還叫好朋友？」皇上一挑眉。

唐星治張了張嘴，最後放下湯盅，賭氣，「那我不吃了。」

皇上見他這反應，淡淡一笑，收了他的湯盅自己吃起來。復又問道，「真不吃？」

「不吃！」唐星治賭氣到一旁坐著。

皇上笑了笑，對一旁的小太監點點頭。

沒一會兒，小太監捧過來一個食盒，放到唐星治眼前，打開，裡面都是他愛吃的。

唐星治驚訝的回頭看他爹。

只見皇上吃飽了揉著肚子站起來，「快吃，吃完讓人送你回書院。」說完，溜溜達達找麗貴妃去了。

◇ ◇ ◇

次日清晨，唐星治剛走出院準備去吃早飯，就看到胡開他們神色緊張跑來找他。

「幹嘛呀？」

「今早外面在傳的。」石明亮塞了張紙給唐星治。

打開一看，唐星治就皺眉了。

只見今日皇城最熱傳的八卦是兩條。

第一條是：索羅定不像話，竟然帶人到書院賭錢，還氣得白曉風一天都沒回書院。

第二條是：索羅定帶回來賭錢的是崑山書院的人，被六皇子攆走了，六皇子還幫著之前被崑山書院坑了錢的那些書院討還了錢財，讓知府法辦了那群裝書生的惡人騙子。

「什麼人寫的啊，睜著眼說瞎話！」唐星治皺眉。

「程子謙是索羅定的兄弟，昨天的事情他的手稿什麼都沒提起，估計是那些一知半解的人編的。」胡開也皺眉，「索羅定無緣無故背了黑鍋，這回綽號從蠻子、淫賊又加了個賭棍。」
唐星治抓頭——這怎麼辦啊？
正撓頭，胡開就問唐星治，「星治啊，你的臉怎麼腫了？」
眾人仔細一看，才發現唐星治不止臉腫了，臉上還兩個清晰的手印子。
「哎呀！」葛範伸手去戳，「晚上女鬼打你？」
「呸，你才女鬼呢，我皇娘！」唐星治捂著臉。
正說著話，就見門口處，索羅定似乎剛剛騎馬回來，滿頭汗，邊擦邊往自己的院子走，估計是去沖涼換衣服。
「索……」
從四人身邊擦過，索羅定就聽到唐星治嗓子眼裡冒出個「索」字，回頭一看嚇一跳，「哇，晚上女鬼打你啊？」
唐星治氣得鼻子裡冒粗氣，又不好說什麼。
索羅定見四人怪怪的，心說這幫小子不知道又闖什麼禍了，哎呀，瘟神轉世啊，還是離他們遠點，於是趕緊轉身就走。
葛範是四個人當中和索羅定最沒仇怨、脾氣也最好的一個，知道其他三人都拉不下臉，於是拿了那張外頭在傳的紙條，跑去攔住索羅定，交給他，「那個，索將軍，這次是我們害你背黑鍋了。」

索羅定接過紙條來看了一眼，也沒仔細看就一撇嘴，抱怨，「都是字！」

葛範解釋，「他們說你……」

索羅定嘴又一撇，將紙條一甩，「垃圾。」說完，他繼續衝回院子，快速洗漱完、換了衣服就奔向廚房，大老遠就聽到他嚷嚷，「餓死老子了，要一碗牛肉麵多放蔥！」

眾人彼此對視了一眼，胡開小聲說，「他估計不在意吧？」

唐星治想了想，道，「也許……」

「唉，算了，應該也不是頭一回。」石明亮安慰眾人。

正這時，就見白曉月從門外走了進來，手裡托著一個食盒。

眾人趕緊收聲。

「吃早飯了沒？」白曉月笑咪咪，說話也溫和，「哥買的蟹黃小籠包，吃幾個吧？」

白曉月今兒個特別精神，妝容也精緻，笑起來梨渦那個勾人啊，一雙水汪汪的眼晃得四人都有些暈，跟被灌了迷魂湯似的就接了包子吃。

◇ ◇ ◇

早課的時候，白曉風見四個座位空著，有些不解，「六皇子他們四人呢？」

元寶寶說，「剛剛我在院子裡看見了，都捂著肚子衝茅房呢！」
「是嗎？」白曉風下意識的看了看自家妹子，果然，在後面坐著正瞇眼呢。
又等了一會兒，見人沒回來，白曉風無奈嘆了口氣，「不等了，我們先講課。」
索羅定打了個哈欠，就聽身後白曉月幽幽的來了一句，「且等呢，得拉一天一夜，害人精！」
索羅定心說這丫頭說話聲怎麼陰森森的，回頭就見白曉月托著下巴，抿著嘴，嘴角含笑正看他呢。
白曉月原本在欣賞索羅定寬厚的肩膀、挺直的後背還有窄窄的腰……見他回頭，立刻瞇起眼睛——側面呀！好有男人味！鼻梁高得好神氣！
索羅定默默回過頭，這丫頭一臉犯桃花的樣子，今早不知道吃什麼了？

◇　◇　◇

「噠噠噠……匡……」
月黑風高，皇城街頭萬籟俱寂，打更的小王敲著竹板和銅鑼，沿著東華街邊打哈欠邊走，這條路他都走了十來年了，就算閉著眼睛也能繞三圈。
他邊打更，邊打瞌睡……突然「呼」一聲，一個什麼東西從他眼前閃過，白色的一團，像一塊綢子。
隨著那白花花的東西，有一陣陰風飄過，寒氣森森從腳跟冒上來，凍得小王一激靈，瞌睡也醒了。

抬眼望向前方，就見霧氣朦朧的街道盡頭，站著一個人。月光下，白色的人形緩緩向前移動，可以清楚的看到是一個披頭散髮的女子。

小王愣了愣，下意識的嚥口唾沫，揉揉眼睛再看，前面的街道空了，左右再看看……沒人！

「呼……」小王長出一口氣，拍拍胸口，心說還好還好，可能是晚上酒喝多了眼花。

強自鎮定繼續前進，小王安慰自己——這條路小爺都走了十幾年了，從來沒碰到什麼不乾淨的東西，鐵定是看錯了！

剛走了兩步，就感覺肩頭「啪」一下，什麼東西按在了上面。

小王戰戰兢兢斜眼一看，是一隻蒼白瘦削的手……

瞬間，小王就覺得頭皮發麻，身上涼了大半截。

這時，一個陰森森又略帶些沙啞的女人聲音在他耳邊響起，「在哪裡？他在哪兒……」

小王倒抽了口冷氣，告訴自己鎮定！鬼搭肩千萬不能回頭，一回頭就吹燈拔蠟了。

小王唸著「阿彌陀佛菩薩保佑」就一個勁往前衝，但「呼」一陣風過，他手裡的紙皮燈籠就「噗」一聲……熄滅了。

四周瞬間暗了下來，小王一著急就有些分不清東南西北，急急忙忙摸火摺子，手忙腳亂中「啪嗒」一聲，火摺子掉到了地上，骨碌碌滾向後方。

小王蹲下伸手去撿，一回頭……就看到一雙白色的布鞋，白色的裙襬在風中飄啊飄啊……

「娘喂……」小王一看這雙腳就嚇得尿褲子了，因為這腳不是站在地上的，而是懸浮在半空中的。

小王抹著眼淚哀求，「鬼娘娘饒命啊，我……我上有老下有小，一輩子沒幹過壞事……」

小王正哭訴，就感覺有東西靠近過來，下意識的一抬頭……一張蒼白的女人臉，一雙布滿血絲的死魚眼就直勾勾盯著他，長長的黑髮隨風拂動，跟蛇似的。

小王一口氣沒上來……就在要暈沒暈的當口，聽那女鬼幽怨的問，「白曉風在哪兒？白曉風呢？我要他償命……」

這位「女鬼」的尾音沒來得及傳到小王耳朵裡，小王已經嚇得昏了過去。

◇◇◇

「啊嚏！」

曉風書院別院的臥房裡。

索羅定翻了個身，一個噴嚏打出來，順手抽了抽被子。這幾天突然冷了起來，還總下雨，不知道軍營裡那群剛出生的小馬凍著沒有。

索羅定接著翻身，明天一早記得去給馬廄添些乾草。

「呀啊！鬼啊！」

索羅定睜開眼睛，這一聲慘叫那叫一個響啊，不過聽著也很遠，不知道哪條街上傳過來的。

索羅定打了個哈欠，毫無同情心的撇嘴，「怕鬼就別大半夜上街，叫魂啊。」

◇◇◇

次日清晨，索羅定天不亮就起來了，跑去軍營查看小馬駒的情況，幸好馬廄夠暖和，士兵也看得緊。帶著幾隻能跑能跳的小馬在馬場溜了幾圈，索羅定返回曉風書院，準備迎接新一天的無聊時光。

只不過……

剛走上東華街，就覺得不對勁！

原本早市應該很忙碌，今日那些街坊擺了攤、開了鋪卻不見做買賣，一個兩個聚集在一起嘀嘀咕咕，不知道說著什麼。

其實街坊們幾乎每天都會聚眾八卦一下，只是平日臉上大多是很賤很賤的笑容，今日怎麼這麼嚴肅？溜達進了書院，索羅定就看到廚房門口丫鬟小廝們也不幹活了，都聚在一起竊竊私語。

「真那麼邪門啊？」

「小王親口說的。」

「昨晚好多人都碰到了。」

「那麼恐怖以後怎麼出門啊！」

「會不會找到書院來？」

「沒準兒！」

索羅定進廚房，就見灶臺邊沒丫鬟幹活，就一個白曉月，一手拿著個包子啃，一手拿著兩根筷子，煮麵呢。

「小大子。」索羅定到了她身邊。

「麵好了。」白曉月叼著包子快手快腳替他盛麵。

索羅定見她似乎心事重重，接過麵，問她，「出什麼事了？」

白曉月看了看外面的丫鬟們，將索羅定拉到一旁，小聲說，「你沒聽說嗎？昨晚皇城鬧鬼呢！」

索羅定呼嚕呼嚕吃著麵，倒是也不吃驚，「我昨晚好像聽到有人喊有鬼了。」

「哈啊？！」白曉月一驚。

聲音稍微大了點，門口小廝們都好奇的望進來。

白曉月壓低聲音，皺眉問索羅定，「你聽到什麼了？」

索羅定想了想，說，「就喊了聲『有鬼啊』。」

「喊的是男人還是女人？具體時間地點、聽聲音距離大概多少？還有沒有其他的聲音？」

果然，身後程子謙適時的冒了出來，邊問邊刷刷的記錄著，情緒高昂……

索羅定邊吃麵喝湯，邊鄙視的看著程子謙，「鬧鬼又怎麼了?皇城三天兩頭都鬧鬼。」

「這次不一樣！」程子謙瞇起眼睛，看著索羅定，「據可靠消息，那個更夫撞到的女鬼在找白曉風，還說要他償命！」

索羅定端著麵碗倒是淡定，「白曉風殺傷力不小啊，人家是從八歲到八十歲通殺，他是從女人到女鬼通殺……」

程子謙眨眨眼，刷刷的記錄著，「好描述！這個月的流行句應該就這句了！」

白曉月一聽，就抓著程子謙的肩膀搖來搖去，打算阻止，「不要亂寫啊！說不定跟哥沒關係！」

「唉……」

這時，就聽到門外傳來了嘆氣聲。

眾人回頭看，是唐星治他們四人溜達進來了，嘆氣的是胡開。

「子謙夫子。」胡開對程子謙勾勾手，示意他過來。「我知道一條消息，保證你也沒聽過。」

程子謙立刻跑過去，問道，「什麼消息?」

「咳咳。」胡開見眾人都來了興致，就慢悠悠問，「你們知道六怡樓嗎?」

眾人都覺得好笑。誰不知道六怡樓是城裡最大的一間窯館?裡頭美女如雲，什麼樣子的都有，是城中達官顯貴喜歡去消遣的場所。不過在東華街這條都是才子佳人的街上，六怡樓卻是禁語。

按理來說，文人騷客自古至今都是窯姐們的好朋友，無數的詩人詞人文豪騷客，皆寫詩詞讚頌過歷史長河中數不清的風塵奇女子。可是這六怡樓卻是和這幫書生才子不對頭，全因樓裡的姑娘講究風騷，不像古詩詞歌賦裡描述的那樣高嶺之花身不由己什麼的……人家姑娘們也不怎麼待見文弱書生，更別提那些有腦沒胸沒臉蛋的才女了。

「跟六怡樓什麼關係？」

門口，夏敏和元寶寶也走了進來。

索羅定喝光麵湯，看著滿廚房的人就納悶，平日沒見你們都擠進廚房來，果然八卦之心人皆有之。

「兩年前墜樓摔死的那個六怡樓花魁姚惜希，有印象嗎？」胡開接著問，一臉的諱莫如深。

「當然！」程子謙對這種事情記得賊牢，「姚惜希是六怡樓花魁，也是皇城花魁，乃是名妓。當年她的死可謂轟動一時，她的死因一直撲朔迷離，有說她是為情自殺；也有人說是接客的時候得罪了哪位性格暴戾的客人，被扔下樓了；還有人說她是因為擔心年老色衰而自殺……總之眾說紛紜。」

索羅定將碗放下，回頭，就看到白曉月不像眾人那麼好奇，而是微微蹙著眉頭，有些擔心。

抱著胳膊，索羅定接著聽。

「你們知不知道，姚惜希的情人是誰？」胡開瞇著眼睛說道。

「誰啊？」程子謙耳朵都豎起來了——這可是皇城十大未解之謎之一！

胡開看了看門外，壓低聲音，「我今早聽父王說的，姚惜希那位情人，就是白夫子！」

胡開的話說出口，眾人刷拉一下就沉默不語了，隨後「嘩」一聲。

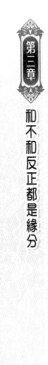

「怎麼可能啊！」元寶寶捂著嘴搖頭表示不相信。

石明亮和葛範也是一臉的驚訝。

唐星治皺著眉頭看向白曉月。

夏敏的臉色更加難看了，斥道，「你胡說吧！怎麼可能？」

「千真萬確！」胡開見眾人不信還來脾氣了，「六怡樓其實是我舅爺的買賣，好些事情不對外說而已！話說當年白夫子可疼姚惜希了，還寫了字、畫了畫給她做定情物，姚惜希都藏著。不過後來白老丞相知道後大發雷霆，不准兩人再交往……白夫子左右為難，偏偏這個時候姚惜希還拿著他送的字畫當證據，要宣揚他們之間的關係……最後她就離奇的死了。」

「啊！」元寶寶驚訝的捂著嘴，「該不會是……」

「妳別聽他胡說。」夏敏拉了元寶寶一把，為白曉風辯駁，「白夫子才不會看上那個什麼姚惜希！」

「我騙妳幹嘛？」胡開一挑眉，「千真萬確，我爹是什麼人？能亂說這話？」

「根本不可能！」夏敏堅決搖頭，「你別汙衊白夫子的人品！」

索羅定在後頭聽得莫名其妙，就問低頭瘋寫的程子謙，「那個姚惜希是什麼人啊？」

程子謙望天，「你這個皇朝第一大流氓竟然不知道皇城第一名妓是誰，你流氓得太沒有職業道德了！」

索羅定白了他一眼，好奇，「天下第一名妓，很漂亮吧？」

「嗯，的確挺漂亮的。」程子謙點頭，「不過嘛，女人光臉蛋漂亮沒有用，重要的還是風騷啊！姚惜希不只漂亮，身材還賊好，胸大腰細風情萬種，舞跳得好、聲音還甜美又會撒嬌。她最紅那會兒，誰想一親芳澤，得拿樟木箱子抬著金子過去，到時候說不定還只能抓抓手什麼的。」

索羅定越聽越好奇，「這麼厲害！」

「那是！」程子謙指了指自己的眼睛，「我見過她跳舞，哎呀，那身材銷魂的！」

「喂！」夏敏瞪了兩人一眼，「說什麼呢你們，沒正沒經，這裡是書院，有辱斯文！」

程子謙和索羅定一起眨眨眼——顯然沒拿自己當斯文人。

「這樣的美女，和白曉風挺般配啊，有什麼問題？」索羅定見眾人面色凝重，就好奇。

「什麼般配啊，這女人是出了名的狐狸精，人還是非！人品很差……」唐星治看了看白曉月，見她神色憂愁，就嘆氣，「可惜了白夫子的名譽就這麼被玷汙了。」

「哇……」索羅定好笑，「有沒有那麼嚴重啊，這種事情講究你情我願，男人不願意女人又不能來硬的，何況人還是個美女，怎麼看白曉風都不是吃虧的那人。」

「你胡說什麼？」夏敏不樂意了，「白夫子的聲譽多重要，他這麼斯文睿智，怎麼可能看上那麼世俗的一個女人？」

索羅定摸了摸鼻子，分析著，「別的我就不知道，不過斯文睿智基本上沒有大胸細腰有吸引力……」

他話沒說完，便讓程子謙踹了一腳，那意思——你別打岔，別玷汙白夫子在她們心目中的光輝形象。

索羅定就納悶了——這跟他的光輝形象有一個銅板關係嗎？

「說不定沒這事兒呢！」唐星治擺手，「大家別亂傳了。」邊說，邊看著白曉月。

眾人都注意到白曉月似乎不是太高興，心事重重的。

夏敏過去挽著她，溫聲安慰，「曉月，妳別往心裡去，那是他們亂說的！白夫子是什麼樣的人，大家都知道！」

白曉月抬頭看了看她，沒出聲。

這時，早課的鐘聲響了起來，眾人都匆匆趕往海棠齋。

索羅定順手拿了根肉腸，邊嚼邊往外走，回頭看一眼，白曉月依然一臉愁雲，走在最後面。

「喂。」索羅定退後幾步，問她，「幹嘛愁眉苦臉的啊？」

白曉月抬頭看了看索羅定，皺眉，「你不懂。」

「不懂什麼？」

「大哥……真的和姚惜希在一起過。」白曉月小聲說。

索羅定嚼著肉腸，問道，「然後呢？」

「然後？」白曉月仰起臉看他，「還有什麼然後啊？這事情要鬧大了，大哥一世英名毀於一旦。」

索羅定好笑，「為什麼啊？那窯姐真是妳大哥殺掉的？」

「當然不是啦！」白曉月皺眉，駁斥，「她死那會兒大哥正被我爹關禁閉呢。」

「那不是他殺的，妳怕什麼？」

「可是……」白曉月噘個嘴，「大家會笑我大哥怎麼會看上這樣一個女人。」

索羅定摸下巴點頭，「我就說為什麼白曉風看不上書院裡的這些女人呢，原來他喜歡那個款式的啊，有眼光！」

白曉月踹了他一腳，「叫你亂說！」

索羅定搓著小腿看白曉月。

「你想啊，我大哥這麼多年給人的印象是什麼？天之驕子、溫潤公子、氣度不凡。」白曉月道，「可是那個姚惜希呢，我也見過她的，真的不討人喜歡，人也不聰明，而且還是窯姐，說她人盡可夫也不為過，怎麼配得上我大哥？」

索羅定抱著胳膊，說，「妳大哥自己中意，管他那麼多。而且就算妳大哥心血來潮去尋歡作樂又如何？又不犯罪。」

「怎麼不影響啊？」白曉月擔心，「你不知道，我爹聽說他和姚惜希在一起的時候多生氣，大哥被關起來三天三夜不准吃飯讓他思過，還是我偷偷送飯去給他的。」

索羅定一挑眉，下了個結論，「看來沒爹也是有好處的。」

白曉月氣悶，「最氣人的是，我大哥不惜跟爹作對都要維護那個女人，但那個女人卻打算跟人說他們在一起，還準備了好多證據要偷偷公開，徹底毀掉我大哥的名譽！大哥估計心都冷了。後來她離奇死了，大哥就再也沒提起過她。這些年，我也沒再見大哥對誰動心過了。」

「那是，這麼風騷的估計百年才出一個。」索羅定抱著胳膊，關心的重點顯然和白曉月說的不同。

「我擔心事情如果傳出去，大哥會成為全城乃至天下人的笑柄！」白曉月道，「你也知道，別看平日那麼多人吹捧大哥，那些女人迷戀我大哥迷得跟瘋了似的，可同樣好些人嫉妒他，巴不得他行差踏錯好抓住把柄往死裡踩。」

「還有啊，好些像夏敏那樣的姑娘，都覺得我大哥就該像她們心裡的白蓮花似的無欲無求清冷孤傲，萬一她們知道了他原來和那樣一個女人有一段過去，她們還不知道要怎麼說了！」

索羅定掏著耳朵陪白曉月走了一路。

「說來說去，妳大哥到底為什麼中意姚惜希，妳知不知道？」

白曉月搖搖頭，「大哥沒說過。不過好奇怪啊，兩個完全不同、甚至完全相反的人為什麼會走到一起呢？而且我覺得姚惜希並不怎麼喜歡我大哥……真是氣人啊，別人當寶她就當草。」

「也許問題的關鍵就在這裡呢。」索羅定一笑。

白曉月仰起臉看他，表示——不明白。

「白曉風大概被當月亮眾星捧月捧得太累了，所以想到荷塘汙泥裡打個滾試試放肆的感覺。」索羅定無所謂的一撇嘴，「其實沒什麼大不了的，除了跟你白頭到老的那個人，其他曾經或者未來喜歡過的人都是不該喜歡的。話說回來，喜歡不喜歡這種事情很難講對錯，也有姑娘就是喜歡流氓，那又怎麼樣？」

白曉月臉上莫名紅了紅，小心的瞧了索羅定一眼。

「那你呢？」白曉月小聲問，「你喜歡什麼樣子的？」

索羅定想了想，一摸胸口，道，「起碼這裡要比我大！」

白曉月狠狠踹了他一腳，罵道，「俗氣！臭男人！」

◇ ◇ ◇

眾人進入海棠齋坐好，看了半個時辰的書後，白曉風進來了，依然是那麼高貴優雅，還帶著一點點慵懶。

索羅定打哈欠——還有多久下課啊？一會兒買些黃豆去餵小馬。

雖然鬧鬼的事已經滿城風雨，但白曉風似乎並沒受影響，沒事兒人似的走進海棠齋，準備講課。

就在他準備講課之前，夏敏突然開口，「白夫子！」

白曉風看她，微微一挑眉，像是問——什麼事？

元寶寶一個勁拉著夏敏的袖子，那意思像是要阻止她說話。

唐月茹和唐月嫣都回頭看夏敏，似乎不太清楚發生了什麼事。

「有人傳說，白夫子曾經與六怡樓的姚惜希關係曖昧。」夏敏認真，「夫子澄清一下吧，以免被人誤會。」

白曉風微微的愣了愣，隨即淡淡一笑，笑得要多雲淡風輕就有多雲淡風輕。他慢條斯理開口，「不是誤會。」

眾人都一驚。

夏敏睜大了雙眼看著白曉風。

索羅定掏耳朵──還不上課啊？今天會不會拖堂？他心愛的小馬駒啊！

胡開得意的一挑眉看唐星治，那意思──跟你說了是真的！

唐星治也忍不住問白曉風，「你真的跟姚惜希交往過？」

白曉風點點頭，很坦然，「是啊，交往了一年……嗯，確切說是十一個月吧。」

「為什麼啊？」石明亮好奇，「你看上她什麼了？」

白曉風倒是還真的認真想了想，然後回答石明亮，「現在就說不上來了，反正當時是看對眼了。」

「因為身材好？」胡開笑嘻嘻調侃。

白曉風很贊同的點點頭，「的確很好！」

幾個男生都跟著笑。

索羅定回頭看白曉月，那意思──看吧！

白曉月氣得用毛筆桿子戳他的脊梁骨。

夏敏的臉色漸漸難看了起來，低頭捏著筆桿的手指頭都發白了。元寶寶在一旁拉著她，讓她別生氣。

白曉月嘆了口氣，就知道這次事情大條了……

◇◇◇

果然，晌午飯一過，整個皇城都炸開了鍋，這消息傳得人盡皆知，各種八卦手抄本，還有不知道哪兒冒出來的當年白曉風和姚惜希的風流韻事，甚至春宮圖都流傳開來了，全城男人跟過節似的，爭先恐後罵白曉風是偽君子。

而那些以前迷死白曉風的姑娘們分成了兩個陣營，一邊就說看錯白曉風了，沒想到他竟然這麼虛偽，而另一邊則是哭爹喊娘說白曉風被姚惜希騙了。

整個皇城處於混亂狀態，程子謙被皇上急召進宮，詳細解釋這單可稱之為建朝以來排名第一位的八卦事件。

◇◇◇

下午，索羅定扛著兩袋黃豆去軍營。

走了兩步，他回頭看噘著嘴跟在身後的白曉月，問道，「我去馬廄餵馬，妳跟著來幹嘛？」

「去看小馬駒啊！」白曉月嘟囔了一句，「我長那麼大，還沒見過小馬呢。」

索羅定撇嘴。

這時候，路過的幾個人認出了二人，就開始指指點點。索羅定耳力好……當然，對方沒打算瞞著，耳力不好的白曉月也聽得見。

「白曉月和索羅定啊！」

「哎呀，白曉風真是想不到。」

「平時裝啊，原來也是個好色之徒！」

「就是啊，姚惜希啊！那是隻雞呀！」

「人盡可夫啊！」

「好低級！」

「你看白曉月會不會也喜歡上索羅定？」

「不會吧……」

「希望她千萬別學她哥啊！」

白曉月聽得胸口堵得慌，就感覺有一千隻小馬駒奔騰而過，好想罵人。

索羅定見她憋紅了一張臉像是氣性很大，就道，「哎呀，嘴長在別人身上，妳管人家說什麼。」

白曉月不忿，「我哥明明什麼都沒幹過，就算喜歡過一個不怎麼樣的女人，憑什麼說他是偽君子？！」

索羅定眨眨眼，伸手指指自己的鼻子，說，「妳哥算不錯了，享樂了一年才落個偽君子的小外號。我呢？老子守身如玉還被人叫了好幾年流氓呢！」

一句話，刺溜就鑽進白曉月耳朵裡去了。

索羅定見她忽然不難過了，就拍拍她的肩膀，安慰，「這就對了，管他們去！妳大哥有錢有勢有地位，要模樣有模樣、要身量有身量、還有本事，怕找不到媳婦兒嗎？」

說完，索羅定大搖大擺繼續往前走。

白曉月緊跟在身邊，剛才索羅定說了什麼安慰的話其實她一句都沒聽見，現在滿腦子就四個字——守身如玉！

等到了軍營，索羅定將黃豆灑進乾草裡頭餵小馬。

白曉月蹲在一旁看，早就當小馬駒不存在了，滿眼就是個守身如玉的索羅定，一萬隻守身如玉的小馬駒從心中咆哮而過——守身如玉喔！

白曉月捧臉——笑得見牙不見眼。

索羅定被她笑得起了一身雞皮疙瘩——這姑娘剛才還愁眉苦臉，現在莫名就歡脫了……這情緒波動也太大了！

第四章 細節決定一切 愛得一廂情願

自從白曉風的事情被傳出去之後，整個皇城都呈瘋魔狀，就沒消停過。

而且一夜之間冒出來無數的牛鬼蛇神，有各種名妓爭先恐後說自己曾經和白曉風有一段情，還有無數的目擊者。程子謙幫白曉風統計了一下，少說一百人暗示曾跟他曖昧，各種花邊看得索羅定差點笑岔氣。

書院眾人都很緊張，倒是白曉風很悠閒，一如既往的自在，似乎挺享受這種萬人唾罵的感覺。

這天一大早，索羅定剛練完功吃著麵，就見一個皇城侍衛跑進來。

「索將軍，皇上請您進宮。」

索羅定點點頭，等侍衛走了，對角落勾勾手指。

果然，程子謙不知從哪個旮旯鑽了出來，「怎麼？」

「這個時候找我進宮？」索羅定抱著胳膊，問程子謙，「什麼事？」

「我看八成跟白曉風那單八卦有關係。」程子謙道，「皇上可能是讓你別撮合白曉風和三公主了吧。」

索羅定一挑眉，思索著，「這樣啊……那我豈不是不用繼續在這兒唸書了？」

程子謙筆桿子輕輕著敲下巴，也做思考狀，「難說。」

可能來得有些突然，索羅定倒是一時不知該開心還是不開心了，這幾天書院的日子過得也還不錯，尤其是早晨白曉月那碗牛肉麵很好吃，吃不到了有些可惜。

甩著袖子晃悠出門，索羅定進宮去了。

索羅定剛走，程子謙就看到白曉月跑進來。

「索羅定要走了？」

「難說啊。」程子謙嘖嘖兩聲。

「子謙夫子。」這時候，唐月茹從後門走進來，到程子謙身邊，說道，「月茹有些事情，想請子謙夫子幫忙。」

程子謙趕緊還禮，「三公主儘管吩咐就是。」

唐月茹將三份稿子交給程子謙，低聲說，「分三天發出去，我寫清楚日子了。」

程子謙翻開手稿看了看，有些莫名，「這……」

唐月茹淺淺一笑，「你照辦就是。」

這話雖然說得柔軟，但確實有公主的架式，程子謙暗暗挑眉——果然是正統的啊。

白曉月好奇唐月茹給了程子謙什麼，但程子謙已經出去辦事了。

白曉月心不在焉，到了桌邊坐下。

唐月茹走過去坐在她身邊，問道，「怎麼了？擔心索將軍一去不返？」

白曉月一驚。

她這幾天的確是鬧心，一方面哥哥的事情讓她有些煩，不過她畢竟是白曉風的親妹妹，自家大哥的人品她清楚，外界的流言蜚語她從沒在意過。真正讓她最在意的，倒是索羅定的去留……

白曉月知道索羅定在這兒是為了幫皇上打聽八卦，順便撮合唐月茹和她大哥。如今她大哥名聲受損，注重聲譽的皇家可能就不想聯姻了……於是索羅定可能也要回軍營了。

讓白曉月吃驚的是，這幾天幾乎所有人都覺得她是在擔心白曉風，唯獨唐月茹，竟能看出來她擔心的是索羅定。

白曉月有些尷尬，否定，「沒啊，擔心我大哥。」

唐月茹笑了笑，輕輕拍了拍她的手背安慰，「不怕，很快就好了。」

白曉月不明白，「好？」

唐月茹站起身來，說道，「你不覺得奇怪？曉風的事一出，女鬼倒是被人淡忘了。」

白曉月愣了愣，不解，「女鬼……」

「一切事情的起因皆是女鬼。」唐月茹冷笑，「可是女鬼引出了妳哥的往事之後，卻沒人追究女鬼是不是姚惜希的鬼魂，更沒人追究姚惜希的死是不是真的跟曉風有關，而是瘋傳曉風人品差，妳不覺得奇怪？」

白曉月聽後，皺眉，問，「月茹姐姐，妳覺得這次的事情是有人想毀掉哥哥的名聲，故意搞出來的？」

唐月茹點頭，「解鈴還須繫鈴人，從姚惜希身上下手就最好。」

「怎麼下手？」

唐月茹伸手輕輕拍了拍白曉月的頭，「這種複雜的事情妳不用想，我來解決就好。至於索羅定，放心，他且走不了呢。」說完，離開院子，回自己屋子去了。

白曉月雖然摸不著頭腦，不過唐月茹不是省油的燈這一點她清楚，三公主聰明絕頂，應該能想到好法子幫她大哥的吧。

◇◇◇

索羅定站在金殿上，看著坐在龍書案後面托著下巴嘆氣的皇帝，問，「皇上，發愁？」

「索愛卿啊！」皇帝邊搖頭邊攤手，「唉！」

聽皇上長嘆一聲，索羅定問，「是否臥底書院的事情有變數？或者三公主和七公主有變數？」

「就是……」皇上拖長個調子，卻是一拍桌子，「就是沒有啊！」

索羅定一愣，「沒有？」

「我原先也以為白曉風出了這麼一單子事兒，月茹和月嫣不說雙雙放棄，總有一個想撒手的吧？沒想到沒有啊！她們倆都還鍾愛白曉風，朕就是讓你去查查白曉風到底是怎麼回事。所以啊，你在書院看來還得多住一陣子。」

索羅定嘴角抽了抽——找老子過來遛彎的嗎？這事有什麼好說的！

「對了！」皇上突然說，「還有件事，是關於星治和白曉月的。」

索羅定就皺眉——莫非皇帝還要他撮合唐星治和白曉月？

索羅定心中一閃過這念頭，沒等皇上開口，就搶先一步說，「白曉月心有所屬，對六皇子無甚好感，強扭的瓜不甜。」

皇上愣了愣，摸著下巴瞧著索羅定，「哦？我皇兒條件如此好，日後還可能是皇位繼承人，白曉月都不肯？」

「這姑娘倔得很，強扭不來。」

「我若是賜婚……」

「殺頭都無用。」索羅定淡然搖頭。

「好！」出乎索羅定預料，皇上竟然一擊掌，下定論，「索愛卿又一次解決了朕一件煩心事，來啊，重重有賞！」

索羅定眨了眨眼，心說怎麼又重重有賞？

「愛卿，你要幫朕盯牢，除了撮合月茹和白曉風之外，還有一件重要的事，就是絕對、絕對不能讓星治和白曉月走到一起！」

索羅定一驚——什麼情況？

不過，有些事情做臣子的也不該問。

索羅定倒是覺得一身輕鬆，無論是皇帝不喜歡白曉月這丫頭也好，或者出於什麼原因也罷，總之，他覺得唐星治那傻小子根本配不上白曉月，不用撮合就最好！

◇◇◇

離開皇宮，索羅定拿著一箱子賞賜的金子搖頭，敢情自己上皇宮領俸祿來的嗎？也邪了門，每次碰到皇帝必然「重重有賞」。

走上東華街，就見整條街的人都在外面，酒樓裡、客棧、茶棚，三三兩兩的人群有的傳著稿子，有的口耳相傳說得唾沫四濺，興奮得都跟喝酒上頭似的，面紅耳赤。

索羅定嘴角抽了抽，這情緒比白曉風「事發」那會兒還高昂啊，又出什麼大事了？

索羅定按捺住自己那顆萌生出來的八卦之心，覺得還是不要跟這群唯恐天下不亂的皇城百姓走太近。

他本想趕緊奔回書院，不過卻不可避免走過人群，就聽到有女人的哭聲，而且還不是一個，是一群、一群。

「白夫子原來是這個原因才會……啊，我之前還罵他！」

「真男人啊！」

「好傷心啊！」

「白夫子，是我們錯怪你！」

索羅定愣了愣，一邊眉頭就挑起來了——啥情況？

不自覺的停下了腳步，索羅定耐心聽。

「我們冤枉白夫子了！」

「真是，這麼好的男人上哪兒找啊！」

索羅定真想湊過去問問發生什麼事了，不過還是忍住了……深吸一口氣，快速衝回曉風書院。

可此時，曉風書院門口擠滿了人，一波一波在門口喊，「白夫子，我們誓死追隨你……」

索羅定嘴角抽了抽，這樣子白曉風發動個兵變奪個皇位都沒太大問題啊！這幫人又怎麼了？

好不容易扒開人群跑進去，索羅定一把拉過正站在門口踮著腳往外張望的白曉月。

白曉月在門口站著，踮著腳張望可不是望外面有多熱鬧，而是望索羅定呢。雖然唐月茹的話給她吃了定心丸，但是見不到索羅定回來，她始終有些擔心。

一見索羅定扒開人群輕輕鬆鬆跑回來，白曉月一顆心落下了，但卻見索羅定衝向自己，隨後一把拉著自己跑到一旁，白曉月那顆小心肝又「騰」一聲飛上來了。

「幹嘛？」白曉月看他，板著臉老鎮定了，雖然心還在嗓子眼。

「那群人幹嘛？」索羅定指了指門外那群激動的姑娘。

「呃……」白曉月似乎一時半會兒也說不清楚，從袖袋裡拿出一卷紙來，交給索羅定，「你看呀。」

索羅定接過來打開一看，不解，「遺書？」

「是六怡樓的老闆今早傳出來的，據說是她一直收藏的，姚惜希的遺書。」

索羅定皺眉不解，「還有遺書？早不拿出來晚不拿出來，偏偏這個時候？」

白曉月瞇起眼睛笑了笑，「你看看先。」

索羅定一看滿篇字就皺眉，還給白曉月，「唸來聽聽。」

白曉月就開始唸給索羅定聽。

索羅定抱著胳膊聽完，遺書的內容大致是說……

姚惜希和白曉風是同鄉，小時候見過幾面，姚惜希原本家境很好，父輩為官出身名門，但是後來家道中落，淪落風塵。

白曉風到了皇城考取狀元之後，在街上偶遇姚惜希，當時他並不知道姚惜希已是名妓，只見故友似乎心力交瘁，就問她是否需要幫忙。姚惜希本就仰慕白曉風，她獨在異鄉受盡苦難，便將自己的遭遇告訴了白曉風，另外，姚惜希還告訴白曉風，她遇到了一個負心人，心力交瘁。

白曉風同情姚惜希的遭遇，很關心她，知道她自幼便愛詩詞書畫，就時常送些書畫典籍給她解悶。這樣維持了十個月後，姚惜希得了嚴重的癆病，醫生診斷恐怕不久於人世，當時誰都不敢去看她，唯有白曉風始終堅持有空就來陪她坐坐，好讓她不要如此淒涼。

姚惜希臨終前有遺願，她祖上清清白白，尤其父兄還是名仕，自己淪落風塵說出來恐怕有辱家門，求白曉風幫她保守身世之謎。

遺書上還寫，白曉風溫柔正直，會去看姚惜希全是因為同鄉之情及出於對故友的憐惜，兩人之間並無任何私情。當時已經有不少風言風語，甚至驚動了白老丞相。但白曉風始終信守諾言，不曾說姚惜希一句壞話。

姚惜希寫下這封遺書的時候，正是她準備跳樓自盡的前一天，她自認命運多舛、性格孤僻，得罪人無數並且還被負心漢所累為情所苦，這一世只有白曉風這麼一個知己，生怕自己死後會有人故事重提，損毀白曉風的名譽，因此留遺書為證。

索羅定聽白曉月唸完後沉默半晌，問白曉月，「這是誰寫的？」

白曉月抿嘴一笑，「姚惜希啊。」

索羅定搖頭，「我不信。」

白曉月驚訝，「為何不信？」

索羅定微一聳肩，「感覺不像。」

白曉月笑了，「那你猜，哪兒來的？」

索羅定想了想，說，「應該不是白曉風寫的，那四個兔崽子也沒那麼得閒，夏敏估計這會兒還嘔氣呢，元寶寶傻乎乎的，於是只剩下三公主和七公主……聽著語氣這心思縝密的勁兒，三公主吧。」

白曉月一拍手，讚道，「精彩！」

索羅定拿過那張傳了滿皇城的手抄遺書，「妳哥看過沒？」

白曉月搖頭，「不知道呀，我沒敢問他。」

「嗯。」索羅定摸了摸下巴，想了想，又問，「還有後招嗎？」

白曉月一愣，「什麼後招？」

索羅定撇了撇嘴，「子謙也說了，這位三公主是有仇必報、絕不吃虧的主，這次擺明了有人想整死白曉風，她沒理由不幫著出一口惡氣的，應該還有後招。」

「的確還有兩份稿子，是明日、後日才往外傳的。」白曉月盯著索羅定看了好一會兒，訝異道，「除了寫字做文章，你還真是挺聰明的啊！」

索羅定一抱拳晃了晃，表示謙虛，「過獎過獎。」

「那你也相信我哥沒跟姚惜希交往過？」白曉月仰著臉問。

「重要嗎？」索羅定反問。

「那如果真的交往過……」

「那又如何？」索羅定將遺書還給白曉月，轉身回自己的院子，「反正事情解決了。」

白曉月小跑著跟在他身後，試探著問，「月茹姐姐聰明又能幹，哦？」

索羅定一聳肩，不置可否。

「你也很聰明啊，能想到一起去。」

索羅定放慢腳步，見這丫頭吞吞吐吐欲言又止，就笑問，「妳想說什麼？」

「嗯，月茹姐姐又聰明又能幹，很討人喜歡。」

索羅定搔搔頭，又問，「哦，妳想問妳哥會不會因為她幫了這忙而對她有好感？」
白曉月很勉強的點點頭，乾笑，「是呀。」
「應該不會吧。」索羅定想了想回答，「要是我，我也不喜歡。」
「為什麼啊？」白曉月突然精神了一點，「又聰明又漂亮不好嗎？」
索羅定無所謂的笑，「妳覺得妳哥比唐月茹笨嗎？」
白曉月皺了皺眉頭，「那倒不會。」
「她能想到的，妳大哥不見得想不到，他既然不做，自然有他的理由。」索羅定打了個哈欠，「其實說來說去，男女之間不外乎就這麼點事情，如果白曉風都不介意被人知道或者誤會自己曾經喜歡過一個名妓，那喜歡他的女人又何必介意別人是否誤會或者知道他曾經喜歡過一個名妓？」
白曉月被索羅定繞了兩圈，眨眨眼，良久才感慨，「你突然有深度了！」
索羅定哭笑不得。
「那你覺得笨一點的女人和聰明一點的女人，哪一種比較可愛？」白曉月接著問，似乎挺好奇。
索羅定倒是認真想了想，答，「這個嘛，聰明和笨似乎都不是最重要的。」
「那什麼最重要？」白曉月癟嘴，「你別說是身材和臉蛋啊！」
「這個跟聰明和笨差不多，也不能算最重要。」
「那最重要的是什麼呀？」白曉月好奇。

索羅定一攤手，說，「緣分吧！」

「你相信緣分啊？」白曉月驚訝。

索羅進了屋，邊拿了茶水來喝，邊跟白曉月閒聊，「緣分不見得是什麼有緣千里來相會之類的屁話。」

「這個是屁話啊？」

「嘖。」索羅定伸手指了指白曉月，「比如說妳左半邊臉比妳右半邊臉漂亮。」

白曉月捂臉——兩半邊不一樣啊？

「說了比如了！」

索羅定指了指她左臉，「如果有緣分，第一眼看到的是妳的左臉，覺得合眼緣就喜歡上了；如果沒緣分，那麼第一眼可能看到妳的右臉，不合眼緣，於是就不喜歡了。」

白曉月眨眨眼。

「人又不是顆雞蛋，上下左右一樣那麼光溜。」索羅定喝茶，「所有人都看到姚惜希是個名妓、性格不好、人品差……可妳哥也許看到的是些合眼緣的細節，有可能她孝順、有可能她溫柔細心、也有可能她心地好……總之就有那麼一面合了妳哥的眼緣了，戀上也不稀奇。何必太較真，反正人都死了，死人能被人藏在心裡，總比被人忘了好。」

白曉月想了想，盯著索羅定看。

「看什麼？」

「細節！」

索羅定跟她對視了一會兒，突然伸手一指，「眼屎！」

茶壺劈頭蓋臉就飛了過來。

索羅定躲開茶壺後，就找程子謙問事情去了。

白曉月一個人悶悶的坐在花園裡，摟著傻傻揉毛，自言自語，「那個呆子蠻子二愣子，倒是也挺通透。」一邊說，一邊摸出塊鏡子照臉——兩邊真的不一樣嗎？！

◇◇◇

三公主一份不知是偽造還是真貨的「遺書」，起到了力挽狂瀾的效果，白曉風的擁戴者比起之前有增無減。而且好多人都對他產生了深深的負罪感，有些對他同情、有些覺得他重情義不可多得……總之風靡全城的「曉風熱」越演越烈，蔓延全國。

其中最最愧疚的要數夏敏，據說躲屋裡哭得眼都腫了，元寶寶好一頓勸。

程子謙統計了一下最近白曉風的擁戴者數量和質素，嚇了一跳。除了人數比以往有大幅度的提升之外，男女比例也正從極度不均衡變成慢慢均衡，連男性擁戴者都找到了支持他的最好理由——重情重義，並且可以名正言順逛窯子什麼的……

不過，正如索羅定事先預料到的那樣，事情不會這麼簡簡單單的就平息，三公主的反擊很快就開始了。

第二天，對姚惜希那位舊情人的猜測甚囂塵上，有不少暗指，似乎是如今的某位宮中要員、又有可能是某位富商。

程子謙透過多方打聽，列出了一張比較詳盡的姚惜希交友網，但始終挑不出個可疑的人來。

◇◇◇

這天下午，書院的家丁從後院收下好多葡萄，白曉月挑了一籮筐，捧著來找索羅定了。

索羅定的院子裡，只有程子謙坐在石桌邊，桌上滿滿一大堆的紙，他咬著筆桿撓著頭，樣子好煩躁。

白曉月左右看了看，索羅定不在。

微微嘛起嘴，白曉月不滿——又跑去軍營了嗎？他是有多愛軍營？又不需要打仗也不需要操練的。

走到程子謙身邊，白曉月就開口，「子謙夫子，吃葡萄嗎？」

程子謙抬頭瞧瞧她，伸手指了指石凳子，「坐一會兒吧，老索買下酒菜去了，馬上回來。」

白曉月嘴角立刻翹了起來，坐下，邊吃葡萄邊看程子謙整理出來的書稿，「這是什麼？」

「我在找神秘人啊。」程子謙撓頭，「這姚惜希交友夠廣闊的啊。」

「你真的覺得害我哥的人是姚惜希的舊情人啊？」白曉月問，「可是為什麼早不害晚不害，偏偏這個時候出來？還有啊，裝鬼嚇人的那個是女的喔。」
「唉。」程子謙咬著筆桿子搖頭，「妳想啊，舊情人出現是因為那封遺書，那萬一那封遺書是假的，舊情人不也不存在了嗎？」
白曉月眨眨眼，「那你還找來幹什麼？」
程子謙一臉的高深莫測，「因為有人想看！」
白曉月歪過頭，不解，「嗯？」
「現在全城百姓都想找到這個千夫所指的負心漢，當然要找一下，不然還八卦來幹什麼？」說著，程子謙伸出兩根手指一併，指著天上的雲彩邊轉圈邊晃腦袋，「八卦的精髓就是，不管是真還是假，是虛還是實，只要有哪怕一點點的苗頭，都要無限的擴大擴大再擴大……最好亂成一鍋粥。」
白曉月看著程子謙臉上賤賤的笑容和指向天空的兩根手指，忍不住問，「那最後要是查不到怎麼辦？」
「就不了了之唄。」程子謙很不負責的說，「八卦要結果幹什麼？重要的只有過程！」
白曉月盯著程子謙看了一會兒，突然站起來，伸手過去，捏住他指向天空的兩根手指，往兩邊掰開一點，變成一個「二」，接著坐下，繼續吃葡萄。
這時候，索羅定正拿著下酒菜和兩罈子好酒從外面進來，一眼看到程子謙伸手指向天空比著一個「二」，點頭，「你終於知道自己二了？」
程子謙收回手，收拾完稿子，「不跟你們一般見識，我去發稿子。」說完，捧著紙片兒顛顛的跑了。

索羅定走到桌邊坐下，一看到有葡萄，就拿了一顆來吃，「不夠甜啊，今年雨水太多。」

白曉月點頭，「是啊，還是拿來釀酒吧。」

索羅定覺得甚好，拿著吃的像是要出門。

「你去哪兒啊？」白曉月問。

索羅定回頭瞧瞧她，答，「今天下午不是休息嗎？」

「對啊。」白曉月瞇起眼睛點頭。

「我去軍營找兄弟們喝酒，說不定還去打獵呢，晚上再回來。」索羅定感覺怪怪的，幹嘛跟這丫頭交代自己要去哪兒？

「那也就是說，沒什麼正經事兒了是吧？」白曉月似乎很滿意，笑得也甜美。

索羅定嘴角抽了抽——喝酒打獵，看似的確不是正經事……不過他都正經小半個月了，不是唸書就是寫字，偶爾不正經一回也不為過吧？

「這樣啊，你陪我去辦點事吧。」白曉月手一背，晃晃悠悠往院門外走，「我去換件衣服，咱們倆門口會合。」

索羅定一聽就洩氣了，他閒適的美好下午不見了。

「去哪兒啊？」索羅定跟出去。

白曉月微微一笑，「東山子午廟。」

索羅定撇嘴，「去廟裡幹嘛？大白天的多晦氣。」

白曉月白了他一眼，「胡說什麼呢，子午廟香火可旺了，我要去子午廟祈福，還要求順考符。」

「順考符？」索羅定抱著胳膊，問，「怎麼，書院有人參加秋試嗎？」

「有呀，石明亮啊。」白曉月點頭，「這次秋試對他好重要的，只要能進三甲，明年就可以參加殿試了，哥哥說他是明年最有可能中狀元的一個。」

索羅定驚訝，「那書呆子那麼厲害嗎？」

「嗯，大家都說他是江南第一才子，不過還是要考上狀元才能名滿天下呀。」白曉月說著，還挺嚴肅的，「如果明年真的能高中，那他就是我們書院出的第一個狀元啦！」

索羅定點頭，「這樣啊……求籤這種事情妳去就行了，還要我去幹嘛？」

「就是要你去！」白曉月不講理，伸手一指門口，命令，「去門口等我。」

索羅定嘴角抽了抽，跟她打商量，「妳找別人陪妳成不成啊？我看唐星治、胡開他們閒得都快長膘了……」

話還沒說完，就見白曉月的臉沉了下來，斜著眼睛看他。

索羅定往一旁躲了躲，避開白曉月飽含「殺氣」的視線。

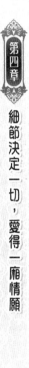

「子午廟附近最近有山賊，不太平的。」白曉月抱著胳膊解釋，「不然我就一個人去了。」

「哦，那好辦。」索羅定立刻接話，「我找幾個副將，派一支人馬給妳，妳老人家殺上山剿滅那幫山賊！」

話說完了，沒聽到白曉月回答。

索羅定低頭瞧白曉月的神色，就見白曉月板著一張小臉，嘴角往下……癟成鴨子嘴，斜著眼睛看著自己，那眼神跟飛刀似的。

索羅定不怕死的小聲問，「我去調派人馬？」

白曉月突然一抬頭，伸手一把揪住索羅定的衣領子，厲聲，「你去不去？！」

「去……」索羅定很沒出息的點頭，明智的決定不要抵抗比較好。

白曉月往下的嘴角在一眨眼的工夫又翹上來了，鬆開他的衣領子，拍了拍他胸前打皺的衣襟，「嗯，一會兒就出發。」說完，晃晃悠悠回屋換衣服去了。

索羅定摸了摸衣領子，小鬱悶……老子是大將軍，整天被個小姑娘揪衣領，還好是在這裡，沒被當兵的看見。

「唉……」搖著頭，背手提著下酒菜和酒罈子，索羅定垂頭喪氣往外走。

人家做將軍他也做將軍，可人家打仗、他唸書，人家戰沙場、他上子午廟，人家保家衛國，他跟個小妮子鬥氣，想起來就心酸！

等了大概有半盞茶的工夫，索羅定聽到身後有腳步聲，回頭一看，只見白曉月換了一身漂亮的裙子跑出來了。

索羅定嘴角抽了抽，這丫頭今天穿得倒是滿好看，不過……

「唉，子午廟不是在山上嗎？」索羅定上下看了她一眼，不確定的問她，「妳穿這樣去爬山？」

「有什麼不可以？」

白曉月小跑著下了臺階，對還站在門口的索羅定勾勾手指，索羅定還沒抬腿，身後的傻傻就搖著尾巴跟出去了。

索羅定嘴角又抽了抽。

白曉月見他沒動彈，就又勾了勾手指，跟勾傻傻那個姿勢一模一樣。

索羅定嘆了口氣，跟上去。

◇◇◇

白曉月這趟出門，比之前那趟氣氛可好多了，冷嘲熱諷的人早就沒有了。

兩人一路走著，倒是也聽了不少八卦，果然，城中百姓都在猜測負心人是誰。

白曉月就問索羅定，「你覺得，這樣能找到那個害我大哥的人嗎？」

索羅定瞧瞧她，嘟囔了句，「這招是虛的，實招得等明天。」

白曉月歪頭，不解，「虛的？」

索羅定抱著胳膊，替白曉月解釋，「妳想想，能跟姚惜希扯上關係的負心漢，又不敢出來承認，估計是有身分有地位的，這種人躲還來不及，怎麼可能自己跳出來害白曉風？這次的仇人擺明是白曉風這邊的，跟姚惜希可能認識倒是真的。」

「那明天會有什麼招數？」白曉月好奇。

「今天這招是挖坑等你來，明天那招我估計就引蛇出洞了。」

索羅定走得挺悠哉，酒罈子都擱在食盒裡了，順便幫白曉月把小包袱和籃子都拿了，全在一隻手裡抓著，另一隻手還有空去翻翻路過街邊攤上的東西。

白曉月看了看東華街上細胳膊細腿、連個筆筒都要雙手捧的書生，又看了看索羅定抓著好多東西的一隻大手……瞇眼睛，好神氣！

索羅定見這姑娘又突然跟隻貓似的眼睛都瞇了，好笑，看來心情還不錯。

◇　◇　◇

兩人走出東華街往東，一路來到了東山附近的一個小山村。

皇城東郊有很多鄉村，背著東山而建，房舍兩三間，其他大片大片都是稻田，還有不少魚塘，魚塘邊整整齊齊的籬笆和紫色的豆蔻，一條泥路窄窄的，兩個人並排走就剛剛好，傻傻走在前面似乎是已經熟路，可見來過好幾回了。

「書院才第一年開，妳以前經常來嗎？」索羅定好奇問白曉月。

白曉月不得不佩服索羅定觀察細緻，心思也縝密，一點都不老粗。「我以前經常替哥哥來求籤的。」

「妳哥不是考了一次就高中了嗎？」索羅定不解，「要來好多次？」

「哪兒能啊！」白曉月搖頭，「哥哥考了好幾年呢。」

「啊？」索羅定驚訝。

「當然了，殿試就一次，之前是考地方試和春、秋各種資格試。總之林林總總，好多好多。」

「妳爹不是白丞相嗎？依白曉風的身分完全可以直接參加殿試，何必多此一舉？」索羅定不解。

「哥哥不喜歡靠家裡。」白曉月道，「別人怎麼考他也怎麼考，所有的科目都考第一，就沒人能說閒話了。」

索羅定了然點頭——的確很符合白曉風的性格。

「順考符哪個廟都有。」索羅定更好奇了，「這子午廟雖然香火還可以，不過大多是求風調雨順的，唸書的東西不都該去孔廟或者皇城裡面香火最旺的那兩座大廟求嗎？」

「這個我也不知道啊。」白曉月倒是認真回話了，「哥哥說只有子午廟的符是靈的。」

索羅定皺眉，這白曉風神神秘秘，也不知道他一天到晚搞什麼鬼。

終於走過大片的田地，到了東山的山腳下。

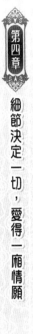

索羅定仰起臉看，他幾乎沒怎麼到過東山，別說，這土包還挺高呢，山路也窄。

白曉月提起裙子，露出兩隻雪白的繡花鞋來，蹦蹦跳跳就上山，跟隻兔子似的。

索羅定差點在後面笑噴了，問那丫頭，「唉，妳這麼跳上山啊？」

白曉月站在三級臺階上，回頭，倒是能平視索羅定了，歪個頭看他，「嗯？」

「我說，妳這麼跳上去得跳多久？」

白曉月仰起臉想了想，「一、兩個時辰吧。」

索羅定驚訝得睜大眼，「就這麼個山包爬一、兩個時辰？妳不如找兩個轎夫抬妳上去。」

白曉月還沒開口說話，索羅定指著她身後的泥路，「妳那條裙子啊，上了山就變泥裙。」

白曉月癟嘴，低頭看裙子，捨不得的說，「好貴的。」

索羅定一步跨上她前面的一級臺階，彎腰，順便伸手抓住要上山的傻傻。

「幹嘛？」白曉月納悶。

「我揹妳上去得了。」索羅定回頭看她，「一會兒就到了。照妳這麼走，天都黑了。」

白曉月站在索羅定身後，嘴角早就翹起來了，不過還是很鎮定，就扭臉拒絕，「才不要，少趁機占便宜。」

索羅定張大了嘴回頭看她，「我揹妳是讓妳摟我，我吃虧多一點……」

白曉月湊近他一點點，說，「我可重了！」

索羅定望天，「能有軍營下崽的母豬重？」
白曉月對著他的小腿就踹，罵道，「胡說什麼你！」
「快點上來。」索羅定催促，「再折騰天黑了。」
白曉月含笑，攀著他的肩膀往上一蹦，摟住索羅定的脖子，低頭看他一手抓著東西、一手夾著傻傻，就伸手說道，「東西給我。」
索羅定將小包袱和籃子都給白曉月。
白曉月雙手抓好了，索羅定背手一托她，一個縱身……竄上山去了。
白曉月下意識摟緊了，這會兒她可沒空吃豆腐占便宜，是真快啊！不摟緊了要掉下去的。
索羅定可以說是一路往山上狂奔，不到半個時辰，雙腳落地，將傻傻放下來，回頭看白曉月，氣都不喘，說，「到了。」
白曉月臉都嚇白了，死死抱住索羅定，一路顛得她胃裡翻江倒海不說，還總擔心會掉下去摔死。抬頭，就見索羅定正回頭呢，看著她的神情頗有些促狹。白曉月就知道這人使壞呢，趕緊下來，拍了拍衣服，摸出塊鏡子來整理頭髮。
索羅定回頭看了一眼遠處的廟，微微愣了愣。
白曉月正整理著頭髮，就聽索羅定語帶疑惑的問，「這就是子午廟？」
「是啊，你沒來過子午廟啊？」白曉月收起鏡子，提著籃子與小包袱準備進廟拜神。

「我是沒來過……不過之前沒聽過子午廟是座荒廟啊。」

索羅定一句話倒是把白曉月說愣了。

白曉月抬起頭，望向遠處的子午廟……這一看，也呆住了。

那座原本應該香火挺旺的子午廟，竟然變得破敗不堪，廟門都塌了。牆上焦黑，像是被火燒過，院牆塌了大半，積了厚厚的塵土。廟裡的樹東倒西歪。這哪裡是以前白曉月熟悉的子午廟，更像是荒山野林的破廟。

「咦?!」白曉月驚訝的張大了嘴，「怎麼會這樣?」

她就要跑上前去看，卻被索羅定拉住胳膊拉到了身後。

再看站在他們身前的傻傻，弓著背齜著牙，正緊張的盯著那破廟黑洞洞的大門，跟裡頭有什麼怪物似的。

子午廟門口，索羅定用腳尖蹭了蹭擋在前面搶風頭的傻傻，「哎，閃開點。」

傻傻回頭瞧瞧他，閃到一旁。

索羅定就要進破廟看看，白曉月一把拉住他，「你想幹嘛?」

「進廟拜神囉。」索羅定挑眉道。

「裡面好像有什麼東西。」白曉月疑神疑鬼。

「怕什麼，就算是隻熊我也宰了牠給妳做件披風。」說完，他大搖大擺往前走。

白曉月緊緊跟在他身後，小心肝在吶喊，一百萬個霸氣和帥氣！

走到廟門口，沒聽到什麼熊叫聲也沒看到猛獸，倒是聞到了一股香味。白曉月就見傻傻死死躲在自己身後，腦袋蹭著自己的腿，緊張的望向廟裡。

索羅定仰起臉鼻子動了動，突然一拍手，恍然大悟，「哦！」

白曉月被他嚇了一哆嗦，傻傻則轉身就跑。

白曉月拉住傻傻的尾巴，回頭問索羅定，「你哦什麼啊，被你嚇死！」

索羅定笑，「裡面煮狗肉呢。」

白曉月眨眨眼，立刻蹲下摟住傻傻，斜著眼睛看索羅定。

索羅定哭笑不得，「要吃也不吃細犬啊，全身除了皮就是骨頭。」說完進廟。

廟裡沒人，整座廟像是被人打劫或者被洪水夷平了，裡面除了積灰和東倒西歪的桌椅佛像，就是正中間一個火堆，火堆上架著口鍋子，鍋內咕嘟咕嘟煮著東西，香味就是從這鍋裡傳出來的。

索羅定打開鍋蓋聞了聞，立刻湊到白曉月身邊，問道，「再加把香蔥就是上好的狗肉啦，咱們分了它怎麼樣？」

「去！」白曉月瞪他，「我不吃狗肉的，你也不准吃。」

「都煮好了，不吃浪費。」索羅定要找筷子，白曉月揪住他。

「不明不白的你也敢吃，小心毒死你！」

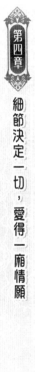

正說著話，突然就聽到廟後傳來「哇」一陣哭聲，聽著似乎是個男人在嚎啕。

白曉月被驚得一激靈，立刻抱住索羅定的胳膊。

索羅定覺得有趣，這丫頭原來膽子這麼小，平日在書院的時候橫得跟什麼似的。

他拖著死不放手也不肯往前走的白曉月繞過東倒西歪的佛像，走到了佛堂後頭……就見是一處破敗的院落。有個衣衫襤褸灰頭土臉的老和尚正坐在地上哭呢，那個傷心啊。

白曉月仔細看了看，驚叫一聲，「淨遠方丈？！」

索羅定聽著新鮮——這瘋和尚還是個方丈？

白曉月趕緊過去扶那老和尚，「方丈？」

老和尚正哭呢，回頭看到白曉月，突然笑了，一臉髒兮兮伸手就要掐白曉月的脖子。

索羅定一把將白曉月拉到一旁，自己擋住那和尚。和尚又是哭又是笑的，還把手裡的東西甩了索羅定一身。索羅定拍了拍袖子，就見是一把香蔥。

看了看身上的蔥花，索羅定和白曉月對視了一眼——難不成那鍋狗肉，是這老和尚煮的？

那老和尚發完瘋，就跑去前面佛堂了。

白曉月和索羅定跟了過去，就見和尚坐在鍋邊，拿著碗筷開始吃狗肉，還從腰間拿出個葫蘆喝酒，酒味挺重。

索羅定挑眉表示欣賞，「這和尚會享受啊，燒刀子配狗肉，不過這種天會不會吃上火？」

白曉月有氣，推了他一把，斥道，「醒醒啊你！這是淨遠方丈，是子午廟的住持，得道高僧！」

索羅定指著滿嘴狗肉的和尚，「這還高僧？酒肉和尚吧？」

白曉月痛心，這子午廟破敗不堪、像是遭受了什麼劫難，淨遠方丈原本是個溫和睿智的老和尚，對人可和氣了，她以前來子午廟總要跟他下盤棋聊聊天。

老和尚見識廣博精通佛法，她每次跟他聊完都有所得，甚為敬重，實在想不出這樣一位高僧為何會淪落成一位瘋僧，還喝酒吃肉。

白曉月想湊過去問問出了什麼事，但是淨遠方丈吃了肉之後就跑去佛堂角落，枕著一個蒲團睡覺了。

白曉月叫了半天他也不醒，垂頭喪氣走回來，卻看到索羅定蹲在鍋子旁邊，正一口酒一口肉。

白曉月氣極，上去狠狠推他。

索羅定被她推得晃了晃，也不惱，抬頭瞧她，「這老和尚失心瘋，妳拿我撒氣也沒用啊！走吧，換個地方求順考符去唄。」

「一定是出了什麼事，你看我們要不然報官吧？」白曉月認真問。

「我不就是官？」索羅定指指自己鼻子，「再說了，妳報官又能怎樣？和尚吃肉是不對，不過也不犯法啊。」

說完，他站起來，拉了拉白曉月，道，「走了，妳看要變天了。」

白曉月瞧瞧廟門外面果然烏雲密布，但是又放心不下淨遠方丈，問索羅定，「帶回去請個大夫給他看看吧？」

「他瘋成這樣怎麼帶他走？」索羅定拉起白曉月的手，「他這樣不挺自在？吃肉總比啃樹皮好是不是？」說完，帶著白曉月就離開了。

臨出廟門，索羅定回頭看了一眼角落裡正倒頭大睡的老和尚，老和尚也睜眼看了他一眼。

◇◇◇

比起來時的興高采烈，回去的時候白曉月蔫頭耷腦的。

走了半日，白曉月抬起頭，發現他們沒走在下山的山路上，而是不知道什麼時候繞到了山邊的林子裡。

白曉月問索羅定，「去哪兒啊？」

索羅定想了想，答說，「四處逛逛唄。」

「逛逛？」白曉月瞇起眼睛省視他，「你還挺有閒心的啊，剛才還說天快黑了呢。」

「天黑才好啊。」索羅定嬉皮笑臉，「荒山野林孤男寡女多有意思。」

白曉月抬腿踹了索羅定小腿上一個黑黑的鞋印子。

「說笑嘛，幹嘛愁眉苦臉的？」索羅定拍褲子，一眼瞅見前面不遠處有炊煙房舍，就指了指，「快下雨了，過去避避。」

說話間，已經能感覺到雨滴透過頭頂枝杈的空隙落下來，打到他們臉上。
白曉月恍然大悟，「哦，我明白了，你是想找附近的人家，問問他們知不知道山上的變故！」
索羅定沒說話，只是笑了笑。
「好辦法！」白曉月立刻往前面的人家跑。
索羅定看了看沿路兩邊的樹木，似乎若有所思，不過還是帶著傻傻，追前面的白曉月去了。
密林深處，只有一座小屋，略顯簡陋。
炊煙就是從這小屋的煙囪裡冒出來的，白曉月上前剛想敲個門，卻聽到「嘎吱」一聲，屋門打開，一個和尚端著個木盆正準備走出來，一眼看到索羅定和白曉月，愣了。
索羅定瞧見一顆光頭就撇嘴——又是個禿的。
白曉月端詳了一下那和尚，大概二十多歲吧，面皮白淨斯斯文文，不明白他為什麼獨自住在深山裡。
「曉月施主？」小和尚看到白曉月後叫了一聲。
「你認識我？」
「曉月施主，我是明淨呀。」小和尚歡喜，「妳經常來廟裡求順考符的，我記得妳！」
「哦……」白曉月雖然沒想起自己是否見過這小和尚，但聽他說的話，他應該是子午廟的和尚，那正好問問他。
「小師父……」

白曉月剛開口，索羅定先插嘴，「進去再說，下雨了。」

明淨趕緊讓兩人進門，「二位施主請進。」

進了屋子四處觀看，就見普通房舍一間，陳設簡單，布置得像是禪堂。

索羅定沒坐，就站在屋子裡四處打量，之後走到窗邊往山上看。

白曉月接了明淨遞上來的茶，明淨沒等兩人問就開口了，「曉月施主，是否上山去求順考符了？」

「是啊。」白曉月立刻問出心中疑惑，「為什麼子午廟會變成這樣？」

小和尚嘆口氣，「惡靈作祟，陰魂不散。」

白曉月一愣。

索羅定回頭看他，疑惑道，「惡靈？」

「兩位有所不知。」明淨坐在桌邊，低聲訴說，「幾個月前，我們經常半夜在廟內看到個白色身影，是個穿白衣的女人。當時廟裡人心惶惶，方丈呵斥我們，他說，佛門重地怎麼會有鬼魅，叫我們不要胡思亂想。」

白曉月認真聽，也不解——廟裡還鬧鬼？

「可是有一天晚上，我和方丈半夜經過院子，正撞到了一個白衣女子，嚇得我一屁股就坐在地上了。」

明淨說起當晚之事似乎依然心有餘悸。

「第二天，方丈派人送了一封信去給白施主……」

「哪個白施主？」白曉月追問。
「就是曉風書院的白曉風、白施主。」
白曉月驚訝，「我哥？」
明淨看了看白曉月，似乎欲言又止。
「然後呢？」白曉月問，「方丈為什麼會瘋？」
明淨遲疑了一下，繼續說道，「那日，白施主來了趟廟裡，與方丈在房間裡談了大概一個時辰左右。當天夜裡，方丈就突然瘋癲了。」
「什麼？」白曉月驚訝的張大了嘴，「方丈和我大哥說了什麼，就瘋了？」
「這我不知道，也未必與白施主有關吧，我覺得可能被那白衣女鬼迷了。」明淨道，「自從那天之後，我們廟裡就再沒見過白衣女子了。但是方丈瘋得太厲害，見人就打、吃肉喝酒、燒廟門砸佛像……我那些師兄弟大多都跑了，沒多久廟也散了。我沒辦法在山上住，但是又放心不下方丈，所以在這裡住著，每日去看看他還好不好。」
白曉月點了點頭，覺得這小和尚還挺有些良心，但是心裡頭卻是滿滿的困惑——大哥和這事有關？可為什麼她昨天向大哥提起要來子午廟求順考符的事，他卻什麼都沒說，顯然還不知道子午廟發生的事。
白曉月心中著急，就問小和尚有沒有傘。小和尚找出了一把破傘，白曉月打起傘，拉著索羅定就跑下山了。

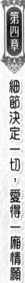

索羅定也懶得打傘，回去洗個澡就得了，不過白曉月著急忙慌跑著下山，挺好看的一條裙子，裙襬上又是水又是泥，看得他直皺眉。

「妳慢點走，小心滾下山……」

索羅定的話剛出口，果真就見白曉月一個趔趄腳底下一滑。

「哇！」索羅定趕緊上去一把攬住。

白曉月嚇得傘都掉了。

索羅定拿袖子給她擋雨，皺眉道，「妳急什麼？」

白曉月撐著索羅定的袖子擋住頭，「回去問問大哥跟方丈說了什麼啊！」

索羅定乾笑了一聲，抓住她的手舉過頭頂，讓她自己先擋住腦門，邊走上前幾步撿起傘來替她擋住雨水。白曉月仰著臉看索羅定，覺得他似乎是有話要說。

索羅定看了看身後，不知道想了些什麼，總之回過神來之後，將傘塞到了白曉月手裡，先揹她下山。

傻傻一直跟在兩人身後，時不時的也回頭看一眼。

等到了山下，踏上回程的田間小道，白曉月撐著傘趴在索羅定肩頭，問他，「是不是有什麼不妥啊？」

索羅定往前走，不緊不慢，回答了不相干的話，「剛才讓妳吃一口狗肉妳又不吃。」

白曉月扯他的頭髮。

索羅定齜了齜牙，也不知道是被拽疼了還是忍笑，順便補充了一句，「那狗肉可好味道！」

白曉月瞪他，「你還想著吃，我最討厭人家吃狗肉！以後不准吃。」
索羅定乾笑點頭，「是啦是啦。」
「然後呢，說正經事！」白曉月追問。
「我說的就是正經事啊。」索羅定理直氣壯，「那狗肉超好吃！」
白曉月瞇著眼睛瞧著他。
索羅定將她放下來，伸手戳她左半邊腦門，說，「笨。」
白曉月揉著腦門看索羅定，似乎不解。
「妳也會說他瘋，瘋子能有那麼好的手藝，把一鍋子狗肉煮那麼香？」索羅定撇嘴，「還記得往鍋裡加一把香蔥？瘋和尚？瘋廚子還差不多。」
白曉月捂著腦門發呆，良久，問，「你覺得方丈裝瘋啊？為什麼裝瘋還要破戒？」
「其實剛才山上還有其他人。」索羅定臉上吊兒郎當的神色難得收起來了些。
「誰？」白曉月皺眉，「小和尚提起白衣女鬼，這麼巧嗎？陷害我大哥的也是白衣女鬼，這次又跟我大哥有關……會不會兩件事有聯繫？」
「先回書院去。」索羅定擺了擺手，示意話題結束。「晚上我再過來看看。」
「我也來！」白曉月精神了。
「妳來幹嘛？」索羅定咧嘴，「姑娘家大半夜跟個男人上山？」

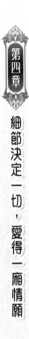

「大白天上山和大半夜上山有區別嗎？！」白曉月不甘示弱。

「呃……」索羅定仰起臉想。

「再說事關我大哥名譽和安全，誰知道是不是有人要害他！」白曉月一把抓著索羅定的袖子，拉著他走向書院的方向。「正好，我有件新的黑裙子，都沒有機會穿！」

索羅定嘴角抽了抽。這姑娘什麼都不在乎，就在意裙子是不是好看……

◇ ◇ ◇

回到書院，白曉月跑去找她哥，但是白曉風被皇上召進宮去了，據說是皇后得著幾本佛經，整個皇城估計著只有白曉風能讀懂，所以皇后請他進宮幫著講譯經文，要三天後才能回來。

白曉月找不到哥哥，又著急的跑回來找索羅定，就見院子裡索羅定和程子謙正說話呢。

白曉月跑到跟前，聽到兩人是在說淨遠方丈的事。

「那和尚來路清白？」索羅定抱著胳膊問。

「的確是得道高僧。」程子謙仰著頭似乎回憶，「邪門啊，前不久還好好的。」

「你認識？」

「當然了，皇城裡九成的人我都認識。」

程子謙說完，不出意外的，索羅定嘴角又開始抽搐。「你他娘的腦子有問題！」

程子謙白了他一眼，不過似乎也被說習慣了。「淨遠那和尚心腸挺好的，子午廟平日香火也很旺……」

「等一下。」索羅定打斷他，「你確定子午廟香火旺？」

「是啊。」

沒等程子謙開口，白曉月跑進來答應，「除了上香的人，還有不少人找方丈問禪求幫忙的呢。」

「那就怪了。」索羅定好奇，「以皇城裡人八卦的程度，沒理由這麼大件事，如此久了還沒傳開！」

「這倒是！」程子謙覺得很有道理，「和尚吃肉砸廟門這種事鐵定引人關注，更何況還是淨遠和尚這麼得民心的一個高僧。」

「他很得民心？」索羅定到了桌邊坐下，打開茶壺蓋看裡面有沒有茶水。

「是啊。」

程子謙點了個頭之後，「咻」一聲跑出去，沒一會兒，又拿著一本冊子「咻」一聲跑回來。

「淨遠和尚原先是官員，勤廉愛民，辦事得力，也算前途無量。不過後來突逢大難，似乎是回鄉探親的時候遇到山洪，以至於愛妻和幼子罹難。從此之後他遁入空門做了和尚，性格有轉變，和和氣氣十分豁達。他熱心幫人，子午廟收留了不少走投無路的人，總之老和尚這幾十年來所做的好事不勝枚舉，所以十里八鄉的人都十分喜愛他。」

白曉月在一旁一個勁點頭。

索羅定想了想，突然一臉了然的神情，不輕不重的「哈」了一聲。

白曉月和程子謙一起望向他——哈什麼？

索羅定架著腿摸著下巴流氓樣十足，道，「這事情到現在還沒傳出來的理由就一個。」

白曉月和程子謙對視了一眼，都乖乖到桌邊坐下，看他又有什麼高見。

「就是子午廟的劫難剛剛發生不超過三天！」索羅定一挑眉，「這幾天白曉風的事情把什麼風頭都蓋過去了，所以沒傳出來。」

「可是山腰那和尚說發生了有一陣子了啊。」白曉月不解。

「我也覺得不可能發生了這麼久都沒人知道、沒人傳。」程子謙點點頭，「唯一的解釋就是，那個和尚撒謊。」

白曉月托著下巴，不解，「他為什麼要撒謊啊……」

「那個小和尚雖然是個光頭，但是不見得真是和尚。」索羅定開口。

白曉月驚訝的看著他，「你怎麼知道？」

「很明顯能看出來。」索羅定無所謂的回了一句。

「怎麼個明顯法？」白曉月歪個頭，表示不明白。

「嘖。」索羅定似乎覺得解釋起來有些費勁，彆扭了半天，開口，「就是……和尚看人和一般人看人不一樣，知不知道？特別是看女人。」

白曉月繼續不明白，問，「怎麼個不一樣？」

索羅定摸了摸鼻子，似乎很難開口。

白曉月見他不說就更好奇，「有什麼問題？」

「唉，曉月姑娘。」程子謙托著下巴笑咪咪幫著索羅定解圍，「一般男人看女人與和尚看女人當然不一樣了。正常男人看到美女無論如何都會有點反應；和尚六根清淨，看女人應該沒什麼反應，看到很漂亮的女人也不會臉紅心跳……當然了，就算六根不怎麼清淨，也多少會有些避忌。」

白曉月眨眨眼，繼續好奇，「那究竟是怎麼樣？」

索羅定望天，「妳平時挺機靈的啊，怎麼突然呆了？那和尚看著妳的時候滿眼都是——哇，美女啊！妳說他是不是和尚？」

白曉月托著下巴像是挺開心，自言自語，「哦？美女啊……」

索羅定瞧她這麼受用，也有些好笑，「可不是美女嗎？」說完，站起來說找點吃的去，吃完了晚上好上山瞧瞧那幫禿子究竟搞什麼鬼，一溜煙就沒影了。

等索羅定走了，程子謙就看到白曉月托著臉眯著眼，笑得跟院子裡的花兒有一拚。

「唉，姑娘。」程子謙拿筆桿子在她眼前晃了晃，「矜持啊矜持！」

白曉月總算是回神了，正襟危坐順便咳嗽了一聲，左右看看才發現索羅定不在了，她問程子謙，「人呢？」

「吃飯去了吧。」

白曉月皺眉頭。一不留神又讓他跑了！

「還沒說明白呢！那和尚有問題，那是什麼人？幹嘛假扮和尚還騙我們？」

「嗯，老索的顧慮我大概能猜到。」程子謙道，「他看人很準，尤其是壞人好人，基本上他覺得那和尚有問題，就一定有問題。另外，有一件事我倒比較擔心。」

「什麼？」白曉月見程子謙表情很嚴肅，隱隱有些擔心。

程子謙笑了笑，說，「妳想想，這次的事情又跟妳哥有關係，如果不是三公主之前出奇招化解了妳哥那單子事，這就是給妳哥的第二棍，害瘋了德高望重慈悲心腸的淨遠師父……」

白曉月眉頭皺得更緊了。

果然和大哥又有關係！

大哥是不是得罪了什麼人，對方特地來報復他？

以白曉月對白曉風的了解，她大哥雖然平日看起來很斯文有禮，但並不是個會吃虧的人，他這次……似乎是知道其中原委，卻並不想說破，為什麼呢？

◇　◇　◇

索羅定吃飽喝足了，還帶了些宵夜，從酒樓回來，大老遠就看到曉風書院門口的臺階上，白曉月一身黑裙子、雙手托著下巴坐在那裡發呆。

索羅定搖了搖頭，這姑娘大半夜的一身黑坐門口，也不怕嚇著別人。

走到近前，仔細打量了一下，索羅定挑挑眉——白曉月一身黑看起來比之前各種裝扮都稍微顯成熟一點點，倒是有些女人味了。

不過走到她眼前了，那姑娘還是發呆中。

索羅定背著手，彎腰看她。白曉月依然兩眼發直。

索羅定不知道她吃了飯沒有，從買回來的宵夜裡拿出個還熱的肉包子放到她眼前晃了晃。

白曉月伸手，抓住包子啃了一口。

索羅定盯著她看，就見她邊發呆邊啃包子。忍不住叫了她一聲。

「喂。」

白曉月猛地抬起頭，驚訝的看著索羅定，「你回來啦？」

索羅定哭笑不得，「不回來誰給妳包子吃？」

白曉月眨眨眼，看了看手裡的包子，似乎也納悶——什麼時候接來吃的？

「妳幹嘛呢？」索羅定轉身往她身邊一坐。

「等你啊。」白曉月吃掉一個包子後，拿出帕子來擦嘴，「說好的晚上上山。」

「妳確定要去？」索羅定又問了一次，「晚上山裡有蛇蟲鼠蟻，還有猛獸，說不定還能冒出個小鬼。」

白曉月斜了他一眼，「怕什麼，哪隻猛獸打得過你的？子謙夫子說了，小鬼都怕你！你別把我弄丟就行了……」

白曉月的話說完，索羅定倒是突然像想到了什麼，問她，「對了，我之前聽說，曉風書院鬧過鬼是不是？」

白曉月愣了愣，一拍手，應答，「是哦！被你一說我想起來了，一個白衣服的女鬼！」

「妳見過？」索羅定問。

白曉月搖搖頭，「有人見過，大多是聽說。」

索羅定沒出聲。

白曉月看了看天色，問索羅定，「差不多了，我們是不是該走了？」

「稍等一下。」索羅定看了看她腳上的繡花鞋，「妳還能走動？」

白曉月的確覺得有點累，但是一方面擔心她大哥，一方面又實在好奇不已。

正說話間，就聽到馬蹄聲由遠及近。很快，一匹通體烏黑的駿馬跑了過來，馬上鞍韉齊備、嚼子腳鐙都是純銀打造，黑馬高大健碩，一根雜毛都沒有，十分漂亮。

白曉月第一次見到這麼高大的馬，驚訝的伸手要去摸馬脖子。

「小心牠咬妳。」索羅定突然出聲。

白曉月嚇得一縮手，狐疑的看著索羅定。

索羅定翻身上馬後，問白曉月，「坐前面後面？」

白曉月想了想，矜持還是要的，扭臉拒絕，「才不要跟你一匹馬。」

「那再給妳弄一匹？」

白曉月癟嘴，「不會騎。」

索羅定嘴角抽了抽，又問「那我一個人去？」

白曉月趕緊揪住他袖子想了想，答，「後面吧……」

索羅定覺得倒也是，畢竟是大姑娘，雖然坐前面感覺更安全點，但男女有別還是要避忌些；只是坐後面，可別一會兒掉下馬去。

他伸手給白曉月，白曉月仔細的隔著袖子將手放到索羅定手裡。

索羅定看了看黑色薄紗裡面一隻素白的手，盡量的輕一些抓住，等她一腳蹬住腳鐙子，便抬手不輕不重的一拉，白曉月就一個騰身，等回過神來已經坐在馬背上了。

索羅定覺得挺彆扭，回頭看她，皺眉道，「小姐，妳這麼坐，一會兒摔死妳！」

白曉月側身坐在馬後，也覺得不太舒服，可是穿裙子分腿坐太不方便了，就皺眉頭。

「都跟妳說了換條褲子多好。」索羅定提議。

「才不。」白曉月誓死保衛穿裙子的權利。

索羅定無奈，「那要不然妳坐前面來？能側著坐。」

白曉月想了想，點點頭。

索羅定回手一撈，將白曉月攬到了前面，讓她側身坐好。

白曉月覺得舒服多了，不過臉旁就是索羅定的胸口，額頭差不多能碰到他的下巴。

白曉月抿嘴，心裡在吶喊——呀！好近怎麼辦！

索羅定見她拘謹，就道，「一會兒風大，妳要是覺得顛就靠我手上。」

「哦。」白曉月點點頭，心說——靠胸口行不行呀？不行，要矜持！

索羅定從馬鞍子一旁的包袱裡抽出一件黑色的斗篷來，抬手一抖，遞給白曉月。

白曉月頭頂著斗篷，雙手抓著，露出臉仰起來看索羅定。

「風大。」索羅定說完，對她癟嘴，「別把嘴巴吹歪了。」

話音剛落，白曉月用斗篷圍住臉，擋好嘴巴，隔著斗篷倒是自在些，靠哪兒碰哪兒都沒那麼尷尬。

索羅定見她坐好了，一抖馬韁繩，「駕」一聲，黑馬離弦之箭一般，朝著東山狂奔而去。

白曉月躲在斗篷裡，目不斜視，只看著索羅定抓著馬韁繩的雙手。

◇　◇　◇

出了街市到了郊外，幾乎人影不見，靜夜如水，除了夜風吹得枝杈沙沙響，就只剩下馬蹄聲。

「你猜……」白曉月突然打破寂靜，問索羅定，「我哥知不知道害他的人是誰？」

索羅定沉默，一直沉默到白曉月幾乎以為他沒聽到自己的話，他卻開了口，「估計知道。」

「他為什麼不說？」

「自然有他的理由。」

「我有些擔心。」白曉月憂心。

「怕什麼？」索羅定反問。

白曉月仰起臉，不解的看著索羅定，「我大哥那麼聰明，為什麼要忍？」

索羅定淡淡一笑，「肯吃虧和不解釋的，才是真男人，受點委屈就呱呱叫的，還不如娘們。」

「你相信我大哥啊？」白曉月問。

「我只相信我眼睛看到的。」索羅定道，「再說了，天下第一不是那麼好當的，白曉風既然能當到現在，自然有他的本事，要我擔心幹什麼？退一萬步，就算他跟老子一樣萬人唾罵遺臭萬年了，也不見得就活得不好。」

白曉月笑了，眉眼彎彎，「你哪裡有遺臭萬年？遺臭萬年可不容易，比流芳千古難度還高呢！」

「這倒是！」索羅定很贊同的點了點頭，「自古大奸有大才。」

白曉月覺得，索羅定哪裡是老粗？很談得來呀，而且心胸廣闊，就算爹爹跟他談，估計也會喜歡他的吧？

◇　◇　◇

馬到山前，月朗星稀。

索羅定帶著白曉月翻身下馬後，和早上一樣揹著她一路上山。敢情下午索羅定已經將山路摸熟了，這次動作更快，而且幾乎沒走大路，白曉月都不明白繞了幾個圈，等停下時，已經到了那和尚的茅屋附近。

茅屋裡面燈熄著，沒有聲響，可能和尚睡著了吧。

白曉月趴在索羅定背上，問他，「他睡覺了吧？」

索羅定搖頭，「沒人在。」

「你怎麼知道？」白曉月好奇。

索羅定指了指茅屋大門上一道鎖。

白曉月仔細一看，納悶，「大半夜的上哪兒去了？難道上山到廟裡找老和尚去了？」

索羅定皺眉輕輕「嘖」了一聲，「早知道早點來。」

白曉月不太明白。

索羅定將她放下，往茅屋的方向走，白曉月趕緊跟上。

「妳還記不記得他今天下午洗菜的時候，洗了多少？」索羅定走到屋前，繞著屋子找有沒有沒關的窗戶。

「嗯……一籮筐的樣子，不過水槽裡還有好些菜呢。」

「一個人吃多了點吧？」

「這倒是。」白曉月點點頭，就見索羅定從靴子裡抽出一把匕首，開始撬窗戶。

白曉月雖然偶爾毒個舌什麼的，但畢竟是宰相家的閨女，從小是大家閨秀裡的大家閨秀，哪兒幹過撬窗踹門之類的壞事，下意識的就扒住索羅定的衣角。

索羅定回頭看她，順便警戒的掃視了一下四周，以為白曉月看到什麼人了呢，見沒有，不解，「怎麼？」

白曉月緊張，「被發現了怎麼辦？」

索羅定好笑，「他有種就報官抓我唄。」說著，繼續撬。

白曉月莫名覺得有些興奮，索羅定帶著她做壞事哩！

沒三兩下，索羅定將窗栓撬掉了，輕輕推開窗戶，騰身一躍進入房間，伸手出來拉白曉月進了屋子……裡面漆黑一片，的確沒人。

索羅定拿出火摺子吹亮，藉著昏暗的光四處找了一圈。他們倆進的正好是臥房，很簡陋，一張床、一張桌，像唸書人的住處，桌上擺著文房四寶還有一些稿子。

索羅定見稿子上面密密麻麻都是字，就對白曉月說，「看看都寫了什麼。」

「嗯。」白曉月拿起卷宗，索羅定幫她照著亮，她飛快的看了起來。

「有些是最近外頭在傳的，大哥的那些八卦。」白曉月翻看著，然後一皺眉，不悅，「好多一樣的手抄本。原來那些胡說八道罵大哥的謠言都是他這邊傳出去的，好多啊！」

白曉月又翻了翻，找到一疊內容不一樣的手抄本，「被你猜中了！」

「這應該是還沒來得及往外發的。」白曉月拿給索羅定看，「寫大哥氣瘋淨遠方丈的，估計沒料到三公主會發出去那份遺書扭轉了乾坤，不然大哥真是翻不了身了。」

索羅定點了點頭，開始翻找屋子裡的東西。

白曉月緊張，問，「被發現怎麼辦？」

索羅定好笑，「怕什麼，那小禿驢又不是好鳥。」

白曉月癟嘴，「不准說髒話……」

話音未落，索羅定突然吹滅了火摺子，一拉白曉月，翻窗出去，落下窗，快速閃到牆後。

白曉月覺得心怦怦跳，倒不是怕被人發現，而是索羅定這一連串動作全程都是摟著她做的。白曉月面燙耳赤，使勁憋住不喘氣。

沒一會兒，就聽到「呼哧呼哧」的聲音。

白曉月正悄悄欣賞索羅定的下巴和上面一點點鬍碴呢，就見他皺眉「嘖」了一聲。

隨後，聽到了狗叫聲。

白曉月驚訝的張大嘴——有狗！

這要是人吧，他們倆躲起來不容易被發現，可如果有狗，那就太容易被發現了，而且不知道是什麼狗，要是跟傻傻似的傻狗，看到人就會搖尾巴還好，萬一是會咬人的惡狗就麻煩了。

白曉月還沒想到該怎麼辦，索羅定突然一拉她，閃進了後面的林子裡，身後傳來了「汪汪」的狗吠聲。

索羅定到了林子裡，雙手一托白曉月，將她放在了一棵歪脖子樹上，讓她收起腳，自己卻不上去。

白曉月在樹上遠遠看到茅屋前面的山路上，那位明淨和尚正提著個燈籠回來，有兩隻大黑狗朝著林子的方向衝過來，眼看越來越近。

白曉月趕緊拉索羅定，索羅定卻對她擺擺手，回頭看。

果然，兩隻大黑狗衝進來後，就對著索羅定咆哮。

索羅定皺眉瞪了兩隻狗一眼，壓低聲音，「他娘的嚎什麼？」

兩隻狗往後退了兩步。

索羅定一擺手。兩隻狗嗚嗚了兩聲，夾著尾巴就跑了。

白曉月睜大了眼睛——狗竟然嚇跑了！

這時，林子外頭傳來了明淨的聲音，帶著喘息，顯然是追著狗來的，見狗又跑回去了，就問，「你們倆幹什麼？」

索羅定翻身上樹，一摟白曉月上了旁邊更高的一棵樹，隱藏在濃密的樹冠之中。

白曉月都不知道索羅定是怎麼上來的……就「呼」一下子！

明淨膽子似乎也不是很大，帶著狗往林子裡望了望，見沒人就牽著狗回去了。將狗關進後頭的狗舍，明淨沒進茅屋，而是站在房門口等著，顯得很焦急。

白曉月想伸手撥開眼前的樹枝看看清楚，索羅定先伸手幫她扒開。

白曉月瞧了索羅定一眼。

索羅定提醒她，「小心有刺和蟲子，別亂摸。」

白曉月翹起兩邊嘴角。索羅定哪裡老粗了，很細心，又會照顧人！

明淨在門口焦急的等了一陣，就見遠處有個穿白衣的人走了過來。

索羅定微微皺眉，白曉月瞇著眼睛想看清楚是男人女人。距離太遠了，只看得出那人很瘦，舉手投足像男人，穿的卻是女人的衣裳。

「怎麼那麼晚？」明淨似乎不悅，衝他嚷嚷。

那人不緊不慢走到了明淨跟前，道，「急什麼，白曉風這幾天又不在書院。」

聽說話的聲音，顯然是個男人。

白曉月和索羅定對視了一眼——果然衝著白曉風來的！

「還管他什麼白曉風啊！」明淨急得直跺腳，「今天下午白曉月和索羅定來過了！」

「什麼？」白衣人微微一愣，「他們來幹什麼？你跟他們說了什麼？」

「我沒說什麼！」明淨道，「他們是來山上求順考符的，見廟荒廢了才來問問。」

「你沒露出馬腳吧？」白衣人顯得十分謹慎。

「當然沒有，我又不傻！再說了，那索羅定不過是個莽夫，他能發現什麼？」明淨不屑，說著又忍不住補充了句，「話說回來，那白曉月長得真是嬌俏，可惜當時是索羅定跟她一起來的，要是她一人就好了……」

白衣人白了他一眼。

白曉月聽後眉頭都皺起來了，噘著嘴不痛快。

索羅定在她耳邊說了句，「別急，等事情了了，爺拔光他的牙給妳出氣。」

白曉月噘著的嘴就收回來了，嘴角又翹起。

「色字頭上一把刀，你最好安分守己一點，要是功虧一簣，我可饒不了你！」白衣人警告。

明淨立馬就落了下風，似乎對白衣人有些忌憚，趕忙道，「我當然不會亂來了，我們好不容易有辦法讓白曉風身敗名裂……真是，不知道誰出的高招，打亂我們的計畫。」

白衣人淡淡一笑，「一計不行，我還有第二計。反正這次，我要白曉風永遠翻不了身！」

白曉月皺眉，仰著臉看索羅定，那意思像是問——你打得過他們倆嗎？打得過就把他們抓起來！

索羅定卻搖搖頭，示意她別急。

「可那老和尚和白曉風是至交，他能聽我們的嗎？」明淨有些擔心。

「由不得他不幫忙！」白衣人冷笑了一聲，「他子午廟幾十個和尚都在我手裡呢，他要是敢亂來，我就宰了那幫小和尚！只是……」說著，他叮囑明淨，「你這幾天放聰明點，我有些擔心索羅定會壞事。事不宜遲，明天一早，咱們就提前行動！」

「明早？」明淨皺眉，「我稿子還沒抄完呢！」

「那就今晚熬夜做！」說完，白衣人一甩袖子，「白曉風逃得了第一次，逃不了第二次！」

之後，兩人進屋點了油燈，似乎是坐在了桌邊寫東西。

索羅定略微有些納悶，問白曉月，「剛才桌上的稿子裡，有什麼特別的嗎？」

白曉月想了想，搖頭，「沒有啊。」

索羅定心下了然，「大概隨身帶了。」

「現在我們怎麼辦啊？」白曉月很擔心，「他們還有奸計對付我大哥呢。」

「我們先去找個人。」索羅定說著，輕輕帶著她下了樹。

「找誰？」

「妳猜猜看。」索羅定賣了個關子。

白曉月眼珠子一轉，答道，「淨遠方丈？」

索羅定嘴角微微挑起一些，稱讚了白曉月，「夠機靈的。」

白曉月得意。
上山前，兩人先下了趟山，找到拴在山前的馬。
索羅定拿出一個插在馬鞍上的竹筒，打開裡頭抽出一卷東西，是一塊白布，還裹著根炭條。
白曉月好奇看著。
索羅定鋪開布，用炭條歪歪扭扭寫了些字，又畫了一張類似地形圖的東西，捲起來塞進竹筒放回原處，抬手在黑馬腦門上拍了一下，命令牠，「去找子謙。」
黑馬轉身，一溜煙往回城的方向跑了。
隨後，索羅定選了另外一條路，帶著白曉月直接上了山頂的破廟。

◇◇◇

子午廟白天已經夠蕭條的了，晚上看著更淒涼。
「淨遠方丈會不會也被關起來了？」白曉月見廟內空空，就問索羅定，「原來他根本沒瘋，因為小和尚們被抓了，才被迫演戲。」
索羅定淡淡一笑，也沒多說，想了想，就問白曉月，「妳大哥有沒有姓狗的朋友？」
白曉月癟嘴，「哪有姓『狗』的啊……『苟』倒是有可能。」

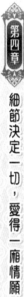

「有嗎？」

白曉月仰起臉想，「荀……好像有個同窗，姓荀的。」

索羅定問，「妳再想想。」

「我沒見過，哥哥很少介紹同窗給我認識，倒是吃飯的時候他會跟我說些書齋的趣事，好像提起過一句荀兄，當時我還樂呢，說他跟小狗稱兄道弟。」

索羅定點了點頭。

這時有腳步聲傳來，索羅定帶著白曉月躲到了一棵樹後。

沒一會兒，就看到一個人從破廟後面走了出來，走到山邊，朝山下的小路張望著，又看看月亮，像是算時辰，自言自語，「怎麼還不來呢？難道沒明白我的意思……」

白曉月和索羅定一眼認了出來，是下午還瘋瘋癲癲的淨遠方丈。

白曉月對索羅定點點頭──果然沒瘋！

索羅定見老和尚等急了，就冷不丁問了句，「等人啊？」

淨遠嚇得一蹦，連忙回頭看，就見樹後索羅定走了出來，身邊跟著白曉月。

老和尚立馬露出笑容來，伸出大拇指對索羅定點頭，「索將軍果然如曉風所言，聰明絕頂。」

索羅定倒是有些意外──這話是白曉風喝醉的時候說的吧？他竟然會誇自己聰明絕頂？

白曉月心裡頭高興了一下──大哥對索羅定評價這麼高啊，這麼說大哥這關過了？

索羅定想了想，啞然一笑，「也對，狗肉缺把蔥，這種招白曉風才想得出來。」
老和尚欣喜，跑過來給索羅定作揖，「索將軍，你快救救我子午廟裡的徒子徒孫吧！」
索羅定乾笑點頭，「你廟裡的禿子禿孫都哪兒貓著呢？」
老和尚一攤手，「不知道。」
索羅定了然，「白曉風忍那兩個龜孫就是因為這個？」
「還有一個原因！」老和尚伸出一根手指，「不過不方便說。」
白曉月急，「大哥差點身敗名裂，有什麼原因不能說的？」
索羅定撇嘴，「他是用將計就計吧。」
白曉月眨眨眼。
老和尚再給索羅定挑大拇指，「索將軍真是……」
「得了，甭說好話了。」索羅定打斷老和尚，「你們想我怎麼幫忙？」
老和尚嚴肅，「務必找出我廟中被軟禁的人質。他們有人質在手，曉風沒法下手！」
索羅定皺眉，問，「一點線索都沒有，怎麼找？」
「我與曉風找了多日了，始終找不到！」老和尚臉皮還挺厚，「所以曉風說了，讓你找！」
索羅定嘴角抽了抽。
白曉月皺著鼻子——怎麼這樣！

「方丈，報官不行嗎？」白曉月問，「還有啊，你們既然知道誰在作怪，幹嘛躲躲藏藏，還讓人奸計差點得逞。」

「白曉風想永絕後患。」索羅定冷笑一聲，「有把柄終歸是個禍患，今日之患也是明日之患，要除禍患，就要除到根。」

老和尚點頭，「英雄所見略同……」

索羅定一擺手，「免了吧，我可沒他那麼能算計，能用的都用上了。」

老和尚笑得尷尬，「不得已而為之。」

索羅定「呵呵」一聲，「你也不是好鳥。」

白曉月不是很明白索羅定說些什麼，但聽得出索羅定不痛快了。

老和尚一揖到地，「有勞將軍。」說完，轉身走了。

索羅定搖了搖頭，帶著白曉月下山。

白曉月見他背著手想心思不說話，就仰著臉偷偷看他。

一直到了山下，白曉月忍不住問，「你生我大哥的氣啊？」

索羅定看了看她，嘆氣，隨口來了一句，「要不是看在妳面上，我才懶得理他。」

白曉月一愣，隨即眼睛都亮了——剛才索羅定說什麼來著？要不是因為妳！

白曉月的理智將「看在妳面上」自動替換成了「一切因為妳」，開心得不得了！

白曉月正捧臉呢，就聽索羅定對著林子的方向問，「查到沒？」
「咻」一聲，程子謙冒出來了，對索羅定伸出一根中指。
索羅定牙都齜出來了，程子謙補上一句，「給白曉風的，那個黑啊！」
索羅定臉色恢復，哼哼一聲，「都說了天下第一鐵定得有兩把刷子。」
程子謙抽出一份稿子，遞給索羅定，「一個鍋配一個蓋，一個蘿蔔一個坑，一個馬桶一個屁股，一個……」
索羅定踹了他一腳，「你想說什麼？」
程子謙癟嘴，「三公主也好黑，以後不要得罪這兩個人！」
索羅定望天，拉了一把一頭霧水的白曉月就走。「走吧，回去睡覺，這事兒妳就不用擔心了。」
白曉月茫然，「沒事了？」
索羅定點頭，「一切都在妳大哥的計畫之中，妳就放寬心得了。」
「哦。」白曉月迷迷糊糊點頭。
程子謙借了索羅定的馬，辦事去了。
索羅定帶著白曉月慢悠悠往回走，路上連個鬼影都沒有，月光倒是很亮。
走了好久，白曉月問，「你們搞明白什麼了?我沒聽懂。」
索羅定沒有回答，而是問，「妳哥就妳一個妹子吧，還有沒有親兄弟？」

白曉月搖搖頭，「沒。」

索羅定點點頭，「還好。」

「好什麼呀？」白曉月不解。

「他要是有個親兄弟，那兄弟一定很慘。」索羅定回答。

「怎麼這樣說！我大哥可疼我了。」白曉月不滿，就算是索羅定也不可以說大哥壞話！

索羅定笑了，「妳性子跟妳大哥差不少啊……不過也對，他把妳的心眼都用了，妳就能呆傻呆傻的過日子了。」

索羅定一句話，果然招來白曉月踹他小腿。

「你一會兒說他是好大哥，一會兒又說當他親兄弟倒楣。」白曉月不解，「什麼意思？」

「當妹子和當兄弟怎麼一樣呢？」索羅定背著手，「倒是未來的妹夫得找個心眼足的，不然會被玩死！」

白曉月笑得眉眼彎彎，「那不擔心，心眼多著呢！」

「啊？」索羅定沒聽明白，回頭看她。

白曉月笑咪咪往前溜達，心說——大哥還誇他「聰明絕頂」呢！未來妹夫什麼的……

◇　◇　◇

兩人回了書院。

白曉月蒙被大睡做美夢，反正索羅定給她吃定心丸了，表示她大哥早有準備，那她也不愁了。

索羅定則是靠在院子裡的藤榻上，看著天上的星斗想心思——十幾個小和尚說多不多、說少也不少，而且人會說話還要吃喝拉撒，會藏在哪兒呢？

正想著，就看到傻傻到他跟前搖尾巴。

索羅定盯著牠看了一會兒，突然笑了，伸手過去摸了一把柔軟的背毛。

「原來如此。」

第五章

沒有極限只有底線

次日清晨，白曉月被一陣歡快的狗叫聲驚醒了，爬起來揉眼睛，見天還沒亮，納悶，是傻傻一大早在叫？但是低頭一看，就見傻傻趴在她床邊呢，也正望著門口的方向，房門關著……外面有狗叫聲傳來。

白曉月搔了搔頭，爬起來洗漱後，帶著傻傻出門。

狗叫聲是從索羅定的院子裡傳來的。

白曉月好奇的走過去，探頭往裡面一看，嚇了一跳，「呀！」

就見院子裡，索羅定正靠坐在石桌邊，手裡抓著一個饅頭，揪碎了餵兩隻歡蹦亂跳的大黑狗。

白曉月定睛一看，這兩隻狗有點眼熟啊。

索羅定抬頭看到她，跟見著救星似的開口，「我想吃麵！」

白曉月剛剛睡醒的小心臟撲通撲通兩下——索羅定的口氣好像有一點點、一點點撒嬌的感覺啊！等餵食等很久了嗎？

白曉月二話不說，撒腿跑廚房去了。

沒一會兒，索羅定在桌邊捧起了白曉月端過來的滿滿一碗愛心牛肉麵。

趁索羅定吃麵那會兒，白曉月好奇的看乖乖蹲在一旁對著索羅定搖尾巴的兩隻大黑狗，問，「牠們倆是不是昨天的……」

索羅定點點頭，「明淨那兩條狗。」

「怎麼會跑到這裡來的？」白曉月不解。

索羅定呼嚕嚕吃麵，抽空回了白曉月一句，「昨晚上牽回來的。」

白曉月更摸不著頭腦了，不解，「你大半夜的又跑山上去把狗牽回來了？那明淨今天早上起來不是會發現狗丟了嗎？」

索羅定笑，「丟不了，我牽走兩條，還給他補上兩條呢。」

白曉月更不明白了。

索羅定吃完了麵，放下碗。這時，牆外面一個黑衣人跳下來，到索羅定身邊低聲說，「將軍，都準備好了。」

索羅定點點頭，站起來。

白曉月仰臉看他，關心道，「你要出門啊？找到那些小和尚了沒？」

索羅定想了想，回答，「不出意外的話，估計能找到。找到後基本上就人贓俱獲了，再把那書生與和尚抓起來，妳大哥的事情也就結了。」

白曉月眨了眨眼，點頭。

索羅定轉身就要出門了，白曉月站起來跟了兩步到門口，挺彆扭的擠出一句，「那你小心點啊……」聲音輕得幾乎憋在肚子裡。

索羅定徑直走向門口，白曉月覺得他可能沒聽到，噘嘴。

但是嘴巴還沒來得及扁回來，到門口的索羅定回頭對她擺了擺手指，那意思——不用擔心，小事一樁。

白曉月又呆了一下子，索羅定已經出門了。白曉月的心繼續撲通撲通，只有索羅定可以做出這種動作，感覺壞壞的、玩世不恭的樣子，但是又好像很可靠。

白曉月嘴角翹起，回頭看，就見那兩隻大黑狗正跟傻傻互相碰鼻子外加搖尾巴，似乎相處得不錯。摸著下巴，白曉月想不通，索羅定偷回來兩隻狗，怎麼就能找到那些小和尚了呢？

◇◇◇

索羅定出了門，正好被唐星治看到。

唐星治其實昨天一直都在書院，他覺得白曉月應該是為了白曉風的事情傷神呢，本想留下陪陪她。可誰知白曉月一早就跟索羅定出門，到了晚上才回來，幾乎一天都跟索羅定在一起，這讓他有些泛酸水。

今天一眼看到索羅定出門，唐星治有些納悶——上哪兒去？

胡開拍了他一下，問道，「怎麼啦？」

唐星治對著索羅定的背影努嘴，「他去哪兒？」

胡開搖頭，小聲提醒，「神神秘秘的樣子，昨晚他好像也不在房裡。」

唐星治皺眉。

這時就聽到後面院子裡小丫鬟說話，「小姐妳這麼早就起來啦？煮麵這種事情讓我們來嘛。」

胡開抱著胳膊想不通，「曉月幹嘛對索羅定那麼好？」

唐星治皺眉，猜測，「會不會他想到幫白曉風的法子了？」

胡開一拍手，恍然大悟，「有可能啊！我們跟著去啊？」

唐星治點頭同意，於是兩人跟著索羅定出門。

索羅定在路上不緊不慢的走著，跟逛街似的。唐星治和胡開小心翼翼跟著，也不敢跟太近，他們知道索羅定功夫了得、人也精明，別被發現了。

索羅定一路走，來到了東山附近。

「他來東山幹嘛？」胡開有些搞不明白。唐星治也納悶。

索羅定到了山下的林子，一閃……沒影了。

唐星治和胡開追到附近，也有些傻眼——人呢？

他們倆在林子附近找了找，正納悶呢，就聽到身後傳來了「呼呼」的聲音。

兩人回頭一看。

「媽呀！」唐星治退後一步，胡開一屁股坐在了地上。就見他們身後不知道什麼時候蹲了四隻狼狗。

「汪！」

隨著一聲狗吠，兩人朝四周一望，已經被十條大狼狗包圍了。

「嘖嘖。」

兩人正緊張，就聽到樹上傳來聲音。
仰臉一看，只見索羅定坐在一棵樹上，好笑的看著兩人。「你們倆來的正好啊，牠們還沒吃飯呢，把你們倆吃了估計夠飽。」
「索羅定，你搞什麼鬼啊！」唐星治喊了一聲。
索羅定失笑，「好笑！應該是我問你們才對，跟了我一路了，你們倆想幹嘛？」
「我們是看你鬼鬼祟祟……」
胡開一句話還沒說完，索羅定點點頭，「是，我鬼鬼祟祟當然幹壞事了，你們倆既然發現了……」說著，他抬手對那幾隻狗指了指，「吃了他們當早飯吧，骨頭都別留下。」
「喂！」唐星治叫了一聲，瞪著索羅定，「你別亂來啊！我們就是看看你來幹嘛。」
索羅定大致也猜到了點，搖頭，打了聲口哨。十隻大狗乖乖蹲到一旁，不叫也不動彈，很乖順。
索羅定跳了下來。
唐星治和胡開對視了一眼，問他，「你……帶著那麼多狗來幹嘛？」
索羅定倒是也不隱瞞，「救人再抓人。」
唐星治和胡開都搖頭表示不明白。
索羅定看了看時辰，應該還早，於是耐著性子給兩人講了一下昨天他和白曉月到子午廟的奇遇。
「原來如此！」唐星治皺眉，不悅，「那個書生和那和尚夠卑鄙的！竟然抓了小和尚要脅老和尚嫁禍

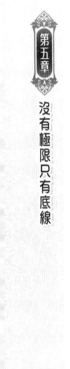

白夫子，之前半夜女鬼那件事情也是他們倆搞的！」

胡開摸著下巴思考著，「狗肉加把蔥，什麼意思啊？」

索羅定道，「昨天曉月上山求符，白曉風是知道的，狗肉加把蔥，其實也是狗肉欠把蔥，鍋裡有狗肉，沒有蔥，是提示……你們想想，為什麼有人害白曉風？」

唐星治看了看胡開。

胡開搖頭，「為什麼？有仇？」

索羅定笑，「白曉風做人八面玲瓏，他會得罪誰？」

胡開和唐星治都點頭。這倒是，白曉風的確很完美，起碼沒見他跟誰結仇。

「不過討厭他的人還是不少。」索羅定提醒。

「正常啊，嫉妒嘛。」唐星治一聳肩。

索羅定笑了，「嫉妒六皇子的人，應該也不少吧？」

「那是當然的。」胡開幫腔，「星治在眾多皇子裡面最最得寵，人也聰明，天之驕子當然遭嫉妒。」

唐星治想了想，提出自己的猜想，「你是說，白夫子不是做錯了什麼得罪了別人，而是……有人嫉妒他？」

索羅定一聳肩，「隨便猜測而已。其實白曉風大概也知道我很傻，所以用了個很直接的方法提醒我，老和尚神智分明清醒，卻偏要煮一鍋好味的狗肉還不放蔥，我就想會不會害他的人跟狗有關係，還不怎麼聰明。」

「狗肉跟狗有關係，不放蔥就是不聰明？」唐星治嘴角抽了抽，「還真是不拐彎的想法……」

胡開也「噗」了一聲，覺得索羅定瞎貓撞上死耗子。

「曉月記得她哥的確有個姓苟的同窗。」索羅定道，「於是我讓程子謙查了查，那個人應該叫苟青，是白曉風的同窗加同鄉。」

「哦……」唐星治了然點頭，「我知道了，這人肯定不聰明，因妒生恨，所以報復白夫子？」

「那他夠有病的啊！」胡開抱著胳膊，覺得很難理解。

「苟青人稱苟聰明，在書院唸書時，夫子對他的評價比白曉風還要高，只是長得沒白曉風好看，性格沒白曉風討人喜歡，家世更是相差十萬八千里。而最有趣的是，平日無論詩詞文章，苟青都高白曉風一籌，可每到大考小考，苟青卻永遠沒白曉風考得好。」

胡開摸著下巴道，「估計這小子跟我差不多，一到考學就懵了！」

索羅定問唐星治，「你覺得呢？」

唐星治冷笑了一聲，「白夫子平日是故意韜光養晦吧，不想太出風頭，這樣不會遭人嫌，出頭椽子先爛。」

索羅定點了點頭，「我也覺得有這個可能。」

「苟青就因為這點恨上白夫子了？」唐星治覺得應該還有些理由。

索羅定搖搖頭，「事情出在殿試。那次白曉風高中狀元，荀青名落孫山，從此之後，荀青銷聲匿跡，離開了家鄉，再沒出現過。」

胡開和唐星治都皺眉，問道，「然後呢？」

索羅定一聳肩，「子謙問了以前跟荀青相熟的人，據說他留下了一句話。」

「什麼話？」

「『白曉風害我，他根本不如我聰明，我不會放過他！』」索羅定一攤手，「狗肉缺把蔥，白曉風說的估計就是這件事。」

唐星治和胡開都點頭，表示說得通，被索羅定撞大運撞到了……

但是想到這裡，兩人又對視了一眼。如果自己碰上，會不會想到狗肉缺把蔥是這個提示？真不知道該說索羅定聰明、能理解白曉風的提示，還是白曉風聰明，留下這麼個索羅定才能看得懂的提示。

「那之後呢？」唐星治納悶，「現在關鍵是救出那些小和尚，你準備怎麼救？」

「靠狗囉。」索羅定指了指那群狗。

唐星治和胡開撇嘴，「狗？」

「這幾隻是我軍營裡養的好狗。」索羅定問兩人，「知不知道養來幹嘛的？」

「這個我知道！」胡開問，「是不是抓逃兵用的？」

索羅定白了他一眼，「你就不能往好地方想想？」

胡開搔頭，又問，「該不會你養來當儲備糧的？」

索羅定真想一腳踹死他，「是用來找同伴的。」

唐星治和胡開愣了，「啊？」

「打仗的時候難免死傷。如果戰場上死了很多人，有些昏過去的人跟屍體根本分不出來，還有些被埋在土堆裡的、被壓在別的屍體下面的，不及時找出來救治就會死，這時候都靠這些狗來找。」

唐星治和胡開都肅然起敬，不過立刻想到了一個很現實的問題，一起問，「好久沒打過仗了吧？」

索羅定望天，「所以養得那麼肥嘛。」

兩人低頭看了看那群狗，的確挺胖的，估計沒少吃好的。

「唉，我聽說你早前在山裡野大的，你是不是挺喜歡狗的？」胡開跟索羅定混熟了一些，倒是不怕他，也沒一開始那麼討厭他，就問。

索羅定點頭，「狗多聰明，又忠心，人有的優點牠們都有，人那點兒缺點牠們都沒有。」

胡開似乎也挺喜歡狗，伸手拍索羅定的肩膀，「嗯，英雄所見略同！」

索羅定覺得好笑。

這時，一個黑衣人從林子裡出來，到索羅定身邊低聲說，「將軍，人走了。」

索羅定點了點頭，「照計畫行動。」

「是。」

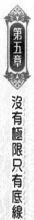

那黑衣人對幾隻狗打了聲口哨，幾隻狗乖乖跟著他往前走，索羅定也跟上。

「唉。」唐星治跟上，好奇問索羅定，「你準備怎麼用狗救人啊？」

「牠們能找到那些小和尚的位置？」胡開也納悶。

索羅定邊走邊對兩人說，「我昨天下午和曉月去找明淨的時候，並沒有看到狗。」

胡開和唐星治等他繼續說。

「你想想，要看守十幾個小和尚，多少得有些人手吧？」索羅定問。

「哦！」唐星治明白了，「你是說，他們是用狗來看守那些小和尚的；惡犬看著，小和尚們還是真跑不了！」

「昨天追我的那兩條狗很聰明，訓練有素。」索羅定道，「我查看過，明淨家後面的狗棚很大，絕對不會只養了兩條狗。我數了數，光食盆就有十幾個，應該養了十幾隻狗。我懷疑白曉風也猜到了一些，所以用狗肉提醒我……當然了，這是我猜的。」

「然後你趁夜換了兩條狗？」唐星治好奇，「你想怎麼樣？」

「昨天那兩條狗來追我的時候，明淨根本喊不住牠們，可見這兩條狗不是他養的。他膽子很小，半夜三更是帶兩條狗壯膽走山路的。」索羅定道，「這世上狗都長得差不多，那種大黑狗最好訓也最聽話，我在軍中找了兩條差不多的，昨晚來了個掉包，明淨應該認不出來。」

胡開和唐星治都一下明白了過來，「哦！今天明淨肯定會帶著那兩隻狗去那關押小和尚的地方，每天總得送個飯吧，這些狗可以找到同伴！」

索羅定淡淡一笑，「軍營裡馴狗的時候都有條頭狗，不只要找受傷的士兵，還要管得住找得回其他的狗。」說著，他伸手一指走在最前面那隻威風凜凜的大黑狗，「牠就是頭狗，會找到那兩隻狗的。」

說話間，他們已經到了明淨住所附近。房間門關著，狗棚裡也是空著的。

索羅定帶的那幾隻狗聞了聞，就找了一條路，往山裡走去了，眾人繼續跟。

「這法子太絕了！」唐星治忍不住稱讚索羅定，「你還挺聰明……」

話沒說完，走在前面的黑衣人忍不住說了一句，「廢話。」

唐星治摸鼻頭。就見那黑衣人回頭看了他和胡開一眼，那眼神顯然不怎麼待見他們，不過礙於索羅定不好發作。

唐星治和胡開訕訕的。他們倆也算位高權重的公子哥兒，無奈人家當兵的不拿他們倆當回事，估計之前設計陷害索羅定，他那幫手下都不太喜歡他們倆。

胡開對唐星治癟癟嘴——差點忘了索羅定是大將軍，幾十萬大軍呢。

唐星治也尷尬——是哦……

◇◇◇

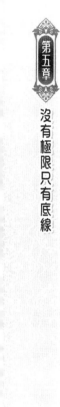

兩人跟著索羅定一路走。這路可真的不是一般的難走，進入後山之後都是山路，樹林密密麻麻，滿地灌木以及糾結的藤蔓，而且還有山洞……如果不是那些狗帶路，他們根本不可能找到路。

唐星治和胡開走得跌跌撞撞，但是索羅定和那個黑衣人的動作卻是很輕盈。最後唐星治一不小心被絆了一跤，胡開趕緊扶他，他還挺好強，表示不用人幫忙。

索羅定腳步不停，對前面的黑衣人指了指後面。黑衣人很聽話，退到最後走，順便扶一把走得辛苦的唐星治和胡開。兩人回頭，覺得他估計心不甘情不願，不過黑衣人面無表情，似乎索羅定讓他幹嘛他就幹嘛，哪怕幫兩個很討厭的人。

唐星治看著索羅定的背影，心中有些不是滋味。這人吊兒郎當、惡名遠播，為什麼屬下對他那麼忠心？再看那群走在前面的狗，明明長相凶悍，卻不時的對索羅定搖搖尾巴，還蹭幾下……連狗都那麼喜歡他嗎？

又走了好一會兒，走到唐星治和胡開大汗淋漓都快喘不過氣來了，突然前方傳來一陣狗吠聲。

索羅定一聲口哨，身邊一群狗立刻狂吠著衝向前。

隨後索羅定順勢跟上，動作快到唐星治和胡開都覺得有些眼花。

等們他倆扒開樹叢，終於繞過一塊山石，就見前方出現了一個山洞，索羅定那十隻大狗已經圍住了山洞門口的一群狗。在索羅定的那群狗面前，原本的十幾隻黑狗顯然瘦小，也弱了很多，乖乖趴著不敢動彈。

明淨和尚趴在地上，應該是被索羅定踹趴下的，半邊臉皮還蹭破了。

索羅定不在。

山洞裡黑漆漆的，沒一會兒，就有幾個小和尚跑出來，滿身的泥巴。

黑衣人進去，索羅定走了出來。隨後，黑衣人又帶出了十來個小和尚，有的哭哭啼啼的，有的頭上還有傷，都向索羅定道謝。

索羅定問地上的明淨，「苟青呢？」

明淨驚訝的看索羅定，「你怎麼……」

「少廢話。」索羅定不耐煩，眼色一寒。

黑衣人蹲下來，一把匕首貼著明淨的面皮插下去，直到刀身沒進地面，冷冰冰開口，「不說剁光你手指腳趾。」

明淨哪兒見過這個呀，他趕緊說，「不關我的事啊！都是苟青的主意，我不想毒死他們的！」

索羅定一愣，「毒死？」

黑衣人看到明淨還帶著一個木桶，掀開蓋子，裡面是菜飯。他抽出一根銀針試了試，抬頭看索羅定，報告，「將軍，飯菜裡面有毒。」

索羅定皺眉。

「不是吧……」唐星治忍不住斥責那和尚，「這些小和尚跟你無冤無仇，幹嘛那麼狠啊！」

「是苟青生氣了……他吩咐我這麼做的。苟青他瘋了，你們去找他吧，不關我的事啊！」明淨急忙撇清關係。

索羅定愣在原地，似乎是有些想不通，蹲下問明淨，「苟青不是跟你設計今天繼續編排白曉風嗎？怎麼突然改主意了？」

「都怪今早外面傳的那些啊。」明淨說著，從懷裡掏出一張紙來給索羅定看。

索羅定沒接，黑衣人接過來看了一眼，站起來告訴索羅定，「上面寫，苟青就是那負心人，他記恨白曉風是因為他不如白曉風聰明，祖上三代都被查出來了，當年書院的事情也都抖出來了，不過寫的似乎和程大人查到的不一樣。」

索羅定皺著眉頭，問黑衣人，「寫了什麼？」

「這裡沒提他千年老二的事情，也沒提他當年名落孫山時候說的話。」黑衣人低聲說，「倒是把他苟聰明的外號改成了狗傻，說全書院誰都討厭他，唯獨白曉風對他友善，他卻因妒成恨、恩將仇報。」

索羅定皺眉，拿過那張紙看了看，眉頭皺得更緊，「不是子謙寫的……」

「難怪苟青被氣得惱羞成怒要同歸於盡了。」唐星治湊過來看那張紙，「誰寫的啊？」

索羅定想了想，「嘖」了一聲，問明淨，「苟青去哪兒了？」

「他說要找白曉風同歸於盡。」明淨回答，「苟青他是瘋子啊，我是聽他的……」

「閉嘴。」黑衣人踹了明淨一腳，嫌他煩、打擾索羅定思考。

索羅定突然轉身就走，一閃沒人影了。

唐星治和胡開對視了一眼，一起問那黑衣人，「他幹嘛去？」

黑衣人低頭捆住明淨，冷淡回答，「自然有正事辦。」

「什麼正事啊？」胡開厚著臉皮問。

黑衣人對著那幾個小和尚招招手，示意他們過來。「帶你們出去。」

小和尚們相互扶持著，跟著黑衣人往外走。

黑衣人單手一把提起明淨，跟提一隻兔子似的，在前面帶路，一群大狗跟上。

唐星治和胡開下意識的嚥了一口唾沫，不敢再說話了，乖乖跟在後面。

◇◇◇

索羅定以最快的速度下了山往城裡趕。剛到東華街的入口處，就碰上急急忙忙出宮門往回跑的白曉風。

索羅定大概也是第一次看到白曉風急成這樣，兩人打了個照面，白曉風一皺眉，問，「曉月沒跟你在一起？」

索羅定看了他一眼，沒說話繼續往前走，白曉風跟在後面。兩人入了東華街，就見到亂糟糟的景象，前面濃煙滾滾，是書院的方向著火了。

白曉風臉色一白。索羅定快步跑上前，扒開亂作一團的人群。

程子謙正指揮人救火呢。

「曉月！」白曉風到處找，就見丫鬟堆裡、有些狼狽的三公主對他搖頭。

白曉風倒抽了口涼氣。

「沒找到她……」三公主見白曉風驚得臉都沒血色了，趕緊道，「但是裡面沒有其他人了。」

白曉風回頭看，書院的一半被燒得烈焰竄天，程子謙沒攔住，索羅定已經衝進了書院。

索羅定進去後，就見院子半邊被燒毀了，火燒得最嚴重的就是白曉月的屋子。

他剛想進去看看，就聽外頭程子謙大喊，「老索，人不在裡面，被抓走了！」

索羅定一皺眉，飛快跑出來，就見程子謙手上拿著一封書信，對他晃。白曉風也趕緊過去。

程子謙將信給白曉風，「給你的。」

白曉風展信一看，皺眉——是荀青寫給他的，讓他今晚獨自到西郊的十里坡來，不然就等著給白曉月收屍。

白曉風皺眉，但知道白曉月並沒葬身火海，稍微鬆了口氣。

索羅定站在一旁望著地面，似乎是在思考。

程子謙輕輕拍了拍他，指了指遠處。索羅定回頭看，就見在人群外面靠近巷子的地方，一條纖瘦又漂亮的細犬正著急的轉圈，嘴裡發出「嗚嗚」的叫聲。

索羅定微微一挑眉，身邊的白曉風也似乎明白了。

「我……」白曉風話沒出口。

索羅定道，「你留在這兒，滅火並準備赴約，不要打草驚蛇。」

白曉風點了點頭，「你……」

「放心吧。」程子謙還沒見過白曉風這麼七情外顯的樣子呢，可見他也沒想到事情會發展到這步，而且白曉月這個妹妹的確是他心頭肉，這會兒是真著急了，於是便安慰了他一句，「老索會把她救回來的。」

索羅定正要走，這時三公主過來，低聲對索羅定說，「索將軍，這次都是我自作聰明，你一定要救回曉月啊。」

索羅定腳步稍微停了停，沒看三公主，卻突然一把抓住身邊白曉風的衣領，「老子最煩娘們誤事，你他娘能幹，先管好自己的女人！」說完，一把將白曉風推開，甩袖含著怒氣走了。

白曉風要不是有程子謙幫著扶一把，估計得摔個重傷，但就這樣，他還是皺眉捂了捂胸口……可見索羅定多生氣，還好他有點底子，否則估計得吐血了。不過，只要索羅定能救回白曉月，他真被打吐血了也無所謂。

唐月茹默默站在一旁，低頭不說話。在場除了他們三個之外，誰都不知道發生了什麼事，個個一頭霧水。

索羅定這一下頗為粗魯凶悍，滿城圍觀的人可都議論紛紛。

外人不明所以，還當索羅定氣瘋了，拿白曉風撒氣呢，這大火關白曉風什麼事啊！

索羅定往外走，見人擋路，煩躁，「都滾開，好狗不擋路！」

看熱鬧的人「刷拉」一聲分成兩邊，默默在心中確認了索羅定絕對是個瘋子野蠻人。

索羅定快步走到巷子裡，蹲下看，就見俊俊嘴角有血，身上還有泥印子。

牠向來跟緊白曉月，可能是白曉月被抓走的時候牠咬了苟青了，但是細犬比不得大狼狗，很溫順也很瘦弱，估計被苟青踹了兩腳。不過……牠肯定認得白曉月和苟青的氣味，細犬是最好的獵犬之一，聰明至極。

一見索羅定來了，俊俊嗚嗚兩聲，似乎在催促，帶著索羅定順著小巷跑了。

索羅定莫名其妙打了白曉風，街上人議論紛紛。

此時火已經撲滅，除了白曉月被綁架，其他人都及時跑了出來，沒有受傷，但是書院燒掉了三成，要重新修建，損失慘重。

「嘖嘖。」程子謙搖頭統計損失。

白曉風讓書院的丫鬟小廝先幫著整理東西。他也沒說什麼，只是進去忙他自己的，看不出喜怒，擔心白曉月倒是很明顯。

官府的人也來了，唐星治、胡開剛好和索羅定的手下一起押著明淨回來，一見這情況嚇了一跳。將明淨交給衙差，唐星治追問怎麼回事，程子謙跟他說白曉月被綁架了，不過索羅定已經去救人了，讓他不用太擔心。

唐星治怎麼可能不擔心。

胡開也納悶——怎麼會變成這樣的？

唐月茹就在一旁，低聲說都是她的錯，她原本想刺激一下苟青，讓他自己沉不住氣跑出來，沒想到他會抓走白曉月。

胡開見她傷心自責，就安慰，「妳也不是有心的。放心啦，索羅定應該能救出曉月的。」

胡開說完，幫著眾人去整理火場了。

唐星治背著手站在三公主身邊，良久，他問，「妳真的不是故意的嗎？」

三公主看了看他，開口，「曉月是個意外。」

「那麼除了曉月呢？」唐星治問，「連母后什麼時候會打我板子妳都能算出來，苟青狗急跳牆妳會沒料到，那妳激怒他幹什麼？」

「你開始學會從本質上思考問題了，看來這幾天索羅定教你的，比你在宮裡這麼多年學會的還多。」

三公主一句笑言，說得唐星治好尷尬。

「我本來拉著曉月一起出來的，但是她非說什麼畫還在裡面，要去拿出來。」

唐星治很好奇的問她，「妳幹嘛要把事情鬧得那麼大？」

唐月茹看了看遠處站在黑色焦土前面的白曉風，「我只是做對他好的事情，曉月是個意外。」

「對他有多好？」唐星治不解，「今天若不是我們及時趕到，苟青已經毒死那些小和尚了。」

「不可能。」唐月茹淡淡道，「索羅定會抓個人贓俱獲的。」

「哦……」唐星治似乎是明白了，「如果苟青沒下毒，那麼抓到他後，最多說他假扮女鬼或者誣陷白曉風；而那些和尚也沒死，他到時候還可以推給真正動手的明淨，不會受多大的懲罰。妳是要讓他錯得徹底，這樣以後就永無翻身之日，是嗎？」

「進步很大，叫人刮目相看。」唐月茹稱讚了唐星治，隨即又嘆氣，「原本一切都不會有偏差，只是不懂曉月為何要衝回火場裡去拿一幅畫。」

唐星治抱著胳膊搖頭，他這位皇姐真的厲害，不好招惹……從一開始幫白曉風翻身到最後的永絕後患，簡直狠到了家，這手腕別說他那個單純的小妹唐月嫣，就算整個後宮加起來也未必能贏過她，難怪他母后總跟他說提防著點這位皇姐。

只不過，百密一疏，唐月茹原本很好的一盤棋，卻出了顆跳子——白曉月……為了一幅畫衝進火場？

唐星治眉頭就皺緊了幾分。

◇　◇　◇

此時，在郊外一座竹林深處，一座草棚門口，苟青坐在那裡，手裡拿著一封已經捏皺了的書信，邊喝著酒。身後的草棚裡，白曉月雙手被捆著，坐在地上，瞧著門口的苟青。

苟青喝著悶酒，白曉月打量了一下他消瘦、帶著一股戾氣的背影。

白曉月知道這人現在已經失去理智了，還是不要去惹他比較好，但是又覺得很奇怪，為什麼他要放火燒書院？

「喂。」白曉月忍不住叫了他一聲，「你是不是姓苟？」

苟青回頭看了她一眼，沒說話，良久，問，「妳為什麼跑回火場去？」

「我去拿點東西。」白曉月回答。

她原本一著火就被三公主拉出來了，可想起來索羅定給她那張道歉的畫還在書房裡藏著呢，她趕忙跑回去拿出來，但是拿好畫剛到門口，正撞上放火的苟青，苟青就把她抓來了，傻傻好像還咬了他一口……

白曉月歪頭看了看，果然，苟青的左腿褲腿上，有一個血印子。

「你的腿沒事吧？」白曉月問。

苟青喝了口酒，好奇，「拿什麼東西？這麼大火還要衝回去？」

白曉月扭臉，「沒什麼東西。」

苟青看了她一眼，「妳是白曉風親妹子？怎麼一點都不像。」

白曉月回過頭，問苟青，「你跟我哥是不是有什麼誤會啊？他不是那麼壞的，你趕緊去衙門自首吧，再錯下去真的沒法翻身了。」

「翻身？」苟青突然笑了，「我從來沒想過翻身……不對，應該說我從來都是趴在地上，還翻什麼身？」

白曉月綁在身背後的手按著地面，往前挪了挪，見苟青也沒理她，就一直挪到他身後不遠的地方，「你想不想找人幫忙啊？」

苟青皺眉，有些不解的回頭看她，「找什麼人幫忙？」

「你要是想不開、或者不開心，不如找個人說說。要是有什麼困難，我找人幫忙你，不要鑽牛角尖。」

「找誰幫忙我？」苟青好笑。

白曉月覺得苟青似乎並不喪心病狂，雖然這人喜怒不定，不過還是說，「索羅定呀。」

苟青皺眉，隨後啞然失笑，「那個莽夫？」

「他不是莽夫。」白曉月認真道，「你們這些文人的心思容易有個框框，我試過很多次了，有時候想不通了，找個武人聊聊，很容易就能想通的。」

「我只想跟白曉風公平比試一次。」苟青淡淡道。

「跟我哥比試的法子很多的，幹嘛那麼極端？」白曉月不明白。

「根本不可能公平的比試。」苟青回頭看白曉月，「妳知不知道，以前在書院，所有夫子雖然嘴上不怎麼誇他，但是明裡暗裡都是對他偏袒，所有考試他都得到優待。」

白曉月不開心了，「我哥是真材實料的，殿試是皇上親自批的卷子，總不會有偏差。」

「我也想在殿試之時與他一較高下，可是殿試之後我的卷子不見了！」苟青憤怒。

白曉月驚訝，「怎麼會這樣？」

「考官送卷子入宮的時候，馬車傾覆，所有的卷子都撿起來了，唯獨丟了我那張。」苟青冷笑問白曉月，「妳信嗎？」

白曉月皺眉，問，「你覺得是有人暗中把你的卷子抽走了，好讓我哥高中狀元？」

「還有別的解釋嗎？」

「那你為何不第二年再考？」白曉月問他，「總不可能年年都作弊。如果你有真材實料，大可以再中狀元之後展抱負。我哥根本不想做官，你若是能高中，會比他更有作為，是你自己放棄，怎麼怨得別人？再說無憑無據，怎麼好汙衊我哥？」

「無憑無據？」苟青將手中一封書信遞到白曉月眼前。

白曉月湊過去仔細看。是一封白丞相寫給某個好友的信，信中提到苟青，說他是個不可多得的人才，而且比曉風有上進心。

白曉月眨眨眼，字跡的確是她爹爹寫的，但是看落款的年月已經好幾年前的事情了，於是納悶，「我爹誇你呢，誇你還不好啊？」

「這位官員就是後來主考負責送卷子的人。」苟青將信往地上一拍，惡狠狠道，「妳敢說不是這封信毀我一生？」

白曉月驚訝，這回可是無頭公案了，她爹多年前寫這封信，絕對不會料到那位友人有一日會成為主考官或者送卷官員。而且她爹公正耿直，根本不可能為了她哥去託人做什麼手腳。但是那位主考官會不會因為這封信自作多情，那就說不準了……

白曉月有些同情荀青，但是有些事情並不是安慰一下就能過去的。白曉月突然覺得，這事情如果被索羅定碰上了，他一定能夠很快解決！

「我這輩子，只想贏白曉風一次。」荀青一仰脖子，咕嘟咕嘟將酒喝了個見底，一甩酒罈子，磅一聲，摔得粉碎。

白曉月往牆邊縮了縮。

「妳哥根本不是完美無缺。」荀青也不知道是不是有些醉意，或者只是怒意沖昏了理智，靠在門邊，落魄又絕望。

「他小時候也會惡作劇，有時整夫子的事情都是他做的，但無論結果多嚴重，受罰的肯定不是他。他從來不會多花心思去準備什麼，我們秉燭夜讀的時候，他只是在看閒書，或者遊個湖喝杯酒。他不思進取就是超然脫俗了，我稍有鬆懈就是前途渺茫……妳說這是為什麼？」

白曉月盯著荀青看。大哥的確什麼都有，很多人一生夢寐以求的東西，大哥卻視若草芥。但是……荀青無論多慘，應該都慘不過索羅定吧？他一無所有，現在還不是出人頭地，可不比自家大哥差。

白曉月想到這裡，問他，「你慘嗎？」

「我不慘嗎？」

「你不慘。」白曉月認真說，「你有爹娘，有書唸，不用流浪街頭，不用獨居深山與狼為伴，你有宰相都誇獎的才幹，你還有哪裡慘？」

荀青甩袖，駁斥，「小女兒見識，妳根本不會懂。」

白曉月嘆了口氣，突然說，「要不然你逃走吧？」

荀青皺眉，不解，「逃走？」

「對啊！」白曉月點頭，「去個別的地方，改名換姓，我跟大哥商量商量，看能不能放了你？」

「不可能的。」荀青搖了搖頭，從一旁的牆角拿過來一個酒罈子，又從懷裡掏出一包藥粉來，倒進酒罈裡。

白曉月一驚，「你要幹嘛？」

「這是給妳哥準備的。」荀青淡淡道，「一會兒我跟他喝兩杯，妳猜這包毒藥會先毒死他，還是毒死我？」

白曉月驚訝的張大嘴，「你要殺我大哥？這麼大點事，至於嗎……」

「這麼大點事？！」荀青霍地站了起來，吼白曉月，「我一輩子都被白曉風踩在腳下，妳說多大點事？」

白曉月嘟囔，「那也不用殺人……」

「妳知道白曉風最能幹的是什麼嗎？」荀青像是撒酒瘋呢，「他這輩子，最強的就是自己什麼都不幹，讓別人幫他辦事！他就算什麼都不說，也有的是人為他賣命！」

白曉月眉頭皺著，否定道，「哪有……」

「他只要一句話、一個動作，別人就會按照他的意思去做，甚至比他想要的還做的多更多！」苟青追問，「為什麼？就說這次我的計畫原本萬無一失，偏偏有人壞事，連索羅定也為白曉風辦事……」

「你哪隻眼睛看到老子給他辦事了？」

苟青正對著白曉月吼呢，一個不冷不熱的聲音打斷了他。

苟青一愣，白曉月卻是一喜，他們倆一個回頭、一個歪頭。

「索羅定！」白曉月激動的叫了起來。

白曉月自被綁架開始，就一直想著索羅定突然從天而降、英雄救美的場面……沒想到那麼快就被她等到了。

見白曉月沒受傷、似乎也沒受什麼委屈，還活蹦亂跳的，索羅定鬆了口氣。傻傻從他身後跑出來，對著苟青「汪汪」的吠叫了起來。索羅定摸了摸牠的脖頸，示意牠安靜，傻傻便坐在一旁，緊緊盯著前面的茅屋。

苟青從腰間掏出一把匕首來指著白曉月，警告索羅定，「你別過來！」

索羅定還是蹲在離開他大概十來步的位置，單手托著下巴，打量他，「其實這丫頭的提議不錯，要不然你跑吧。」

苟青臉上青筋都顯出來了，怒道，「為什麼？連你也給白曉風賣命嗎！」

索羅定撇嘴，「他有那麼大的面子嗎？爺是來救那丫頭的。」邊說，邊指了指苟青身後的白曉月。

白曉月現在的樣子哪兒像是被綁架的，跟剛吃了魚的貓咪似的，瞇著眼睛抿著嘴，嘴角還翹著——呀！夢寐以求的英雄救美呀！激動！

苟青皺眉看著索羅定，「你不是為白曉風辦事？」

索羅定嘴角抽了抽，「你當他多大角色？天底下能讓我辦事的就一個皇帝，老子是一品將軍，他白曉風是平頭百姓。」

白曉月噘起個嘴巴，又不樂意了，「哥哥是宰相之才！」

索羅定挑眉看她——妳這丫頭哪邊的？

白曉月瞪他，「認真點！」

索羅定還納悶，「認真什麼？」

白曉月把「認真英雄救美」幾個字嚥回肚子裡去了，扭臉，抱怨，「手痛死了。」

索羅定看了看白曉月被綁在後面的手，站了起來。

「你、你別亂來！」苟青道，「我跟你沒仇怨，既然你不是幫白曉風就別插手，不然我殺了她！」說完，就拿著刀子往白曉月眼前比劃。

白曉月一驚，趕緊往後挪，心說可別被劃到，那就無妄之災了。

索羅定搖了搖頭，「不如這樣，我放了你，你拿著刀去找白曉風，你們倆看誰能弄死誰。不過白曉風功夫不錯，你應該打不過他。」

「你胡說什麼，白曉風根本不會功夫！」荀青皺眉。

「並不是會什麼都要告訴別人的。」索羅定乾笑了一聲，「其實你也真夠蠢的。」

「你敢說我蠢？！」

荀青似乎最聽不得別人說他不聰明。索羅定暗笑，白曉風對他那個「缺把蔥」的形容也未免太貼切了，這人一旦聽到「不聰明」三個字，立馬瘋癲起來。

「其實你說得也沒錯，白曉風的確很會利用別人。」索羅定想了想，「就好比說這次吧，一開始的女鬼到最後救那些和尚，他甚至連嘴皮子都沒耍過，就有人幫他把事情都擺平了。」

荀青冷笑，「果然。」

「不過，有時候世事不可預料。」索羅定背著手溜達，「白曉風想要的只是一，但是別人卻想給他二，於是就玩脫了，所謂物極必反。」

荀青皺眉，不悅，「那也是他咎由自取。」

「倒不能這麼說。」索羅定摸著下巴，思索，「以我一個不是那麼聰明的人來分析呢，與其說他心機深沉，不如說他隨遇而安、不負責任。」

「對喔！」白曉月一個勁點頭，要不是手捆著，她就要拍手了，索羅定一眼看出了她大哥的性格。

「什麼意思？」荀青不明白。

「嘖，所以說你們這幫書呆子沒事少唸點書，出門走走，多認識點人。」索羅定說得慢條斯理。

「這世上有這麼一種人，你可以說他們命好，也可以說他們看得開，什麼都不爭、什麼都不在乎。這些人可能很討人喜歡，或者很討部分人喜歡。他越是不著急，越是有人幫他著急；他越是不怕吃虧，越是有人怕他吃虧。而這種人呢，如果傻一點，可能不知不覺就過去了，可如果聰明一點，就會看得很明白……你明不明白啊？」

荀青皺眉。

一旁的白曉月一個勁點頭——就是這麼回事啊！

「別人的好意就是恩惠；有時候恩惠比債還麻煩呢，一樣都是要還的。」索羅定掏掏耳朵，「那麼怎麼解決呢？當不知道囉！裝傻嘛。」

白曉月不停的點頭，點得腦袋都有些暈了。

荀青望向索羅定。

「你怎麼就想不開呢？」索羅定好笑的問他，「你什麼都在乎，他什麼都不在乎，你們倆怎麼比啊？」

荀青微微皺眉，似乎是在考慮這個問題。

「同樣，你們倆都喝酒，你是想喝，自己倒，他是喝不喝無所謂，別人偏偏想他喝，就幫他倒，你卻怨他得到的禮遇比你多，你這不是給自己添堵嗎？你的目的是喝酒，跟他這個半死不活的一起喝幹嘛？找一群搶酒的喝唄。練拳當然找沙袋，你找個棉花袋子，打半天還不是自己跟自己過不去？」

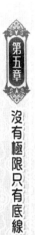

苟青此時的臉色也有些不同了。白曉月看著他，望他能想通。

「話說回來。」索羅定繼續道，「你也不想想，你總是全力以赴跟白曉風比，你有沒有想過他是一個什麼狀態在跟你比？」

苟青微微一愣。

「你使了十分力，他可能也就一、兩分，因為他根本不像你那麼想贏，他無所謂。」索羅定笑，「你還跟他公平比試什麼？他半死不活、你背死背活，只打了個平手，你說誰高誰低？」

白曉月眨眨眼——哎呀，實話說出來了，不要刺激他嘛！

「我一輩子都比不上白曉風……」苟青自言自語，似乎很徬徨，手裡的刀也順勢落地。

索羅定覺得他可能喝多了。三公主真是釜底抽薪，這激將法用得狠啊，往人傷口上狠狠捅了一下。這次要不是白曉月被綁架，這位三公主又一次很好的詮釋了什麼叫翻手為雲、覆手為雨，盡在掌握的一副好棋，雖然殘忍了點，但畢竟錯在苟青自己想不穿，能怪誰呢？

索羅定過去，給白曉月鬆綁。苟青還在原地無目的的走動。

白曉月回頭問索羅定，「他這個樣子，我們是放了他還是抓他起來？」

索羅定也在考慮這個問題，按理來說是該抓起來的，畢竟他其心可誅啊，還差點害死了那麼多小和尚。正在犯愁，卻聽白曉月突然大喊了一聲，「小心啊！」

索羅定抬頭一看，只見苟青神智混亂四處走的時候，腳下踩到了被酒水濕潤的軟泥，一滑，仰天摔倒……就聽到「啪」一聲，同時，殷紅的鮮血順著地面暈染了開來。

苟青雙眼直直的望著頭頂的天空，沒有再動。

「啊！」白曉月驚叫一聲。

索羅定趕緊過去查看，也傻在了當場。這麼不巧，苟青摔倒的時候，後腦勺正好撞到了地上一塊鋒利的酒罈碎片。酒罈是他剛才砸碎的，一塊三角形的鋒利碎片豎在泥地裡，這一下，全部扎進了苟青的腦袋，血流不止。

索羅定伸手按了按苟青的脖頸，遺憾的伸手替他合上雙眼。

白曉月剛才被英雄救美的喜悅也飛走了，她第一次看見活生生的人就這麼死了，不由得呆在了原地。

索羅定沉著臉站起來，見白曉月開始哭，問她，「第一次見死人？」

白曉月點頭。

索羅定伸手輕輕按住她的腦袋，「走吧。」

白曉月走了兩步，回頭看地上的苟青，「他呢？就這樣躺著？」

「我會讓衙門的人來收拾。」

白曉月心情很複雜的跟著索羅定回去了。

◇　◇　◇

白曉月安全回了書院，眾人的心都放下了，然而這事情卻在皇城之中沸騰了起來。

苟青的事情被傳出了各種版本，三公主早先放出去的那些激怒苟青的假消息也被證實是編造的。當然了，喜好八卦之人從來不會在意假的八卦出自何處，而對於真相推翻假象，更多的人都會保持懷疑。

於是，苟青的名字瞬間在皇城之中成為了話題。

有的人覺得他可惜，有的人覺得他咎由自取，但所有人都覺得，他罪不致死。

事情在皇城傳了兩天之後開始發酵，有新的懷疑出來——苟青究竟是自己摔死那麼離奇，還是被當時在場的索羅定殺死的？

一時間疑雲重重，不少人都問衙門的差人，差人們諱莫如深，都搖搖手表示——說不得。

瞬間，皇城之中談論的話題從苟青的善惡，轉到了索羅定身上。而最初人們最熱議的，白曉風究竟是真君子還是偽君子這個話題，已經再沒有人記得去探討了。

◇◇◇

白曉月受了些驚嚇之後，被白曉風送回老宅休養。

白夫人整天摟著她哄，生怕嚇出個好歹來，因為白曉月回來之後就成日心不在焉，吃也吃不下，睡也睡不好，每天一大早還爬起來煮麵，煮了又不吃，蹲著拿麵條餵傻傻，不知道是不是嚇出病來了。

三天後，白曉月說想回書院了，但宰相不讓，書院還在修葺當中，要半個月之後才能修好呢，讓她安心在家裡養身子。

白曉月只好帶著丫鬟，出門透透氣。

兩個丫鬟提著小籃子，見白曉月心不在焉的，就盡量買些花裡胡哨的東西逗她。只有白曉月自己知道她為什麼不開心，不是因為其他，而是她早晨煮的麵沒人吃。索羅定不知道會不會因為苟青死掉的事情，有一點點自責？或者不開心？

白曉月傻乎乎帶著兩個丫鬟往曉風書院的方向走。

剛巧經過一間茶寮，丫鬟就問，「小姐，坐下歇歇吧？」

白曉月點點頭，找了個位子坐下，看著前面不遠的一間酒樓——那裡的花雕特別好，索羅定很喜歡來這裡喝酒，不過今天似乎不在……那個傢伙，不用唸書他應該很開心，可能跑去軍營騎馬或者和兄弟們打獵去了吧？

正捧著茶發呆，就聽旁邊一桌兩個年輕的書生正邊喝茶邊說話。

「我看八成是索羅定殺的人。」

「我也覺得，你不見衙門的人都不說嗎？連書院的人都一問三不知。」

「被封口了吧！」

「鐵定是，那天索羅定還好凶的推了白夫子。」
「這次的確太過分了，連人性都沒有了。」
「可不是！苟青的確是罪有應得，但是索羅定也太狠了點吧。」
「就是啊，那是一條人命啊，他再這樣不得好死啊。」
「小姐？」
兩個小丫鬟看白曉月一直在發呆，正想叫她一聲問她要不要吃點東西，突然就聽到「啪」一聲，白曉月將整碗茶砸在了桌上。
兩個丫鬟一驚，見白曉月猛地站起來，走到隔壁那張桌邊。
兩個書生正說話呢，抬頭一看，就見一個白衣服的漂亮姑娘突然走了過來，納悶——這不是曉風書院的白曉月嗎？
他們倆還沒搞明白是走桃花運了還是怎麼的，就見白曉月雙手抓住桌沿，嘩啦一聲，一把掀翻了桌子，再抬腿一腳踹向那書生，驚得書生一個趔趄從椅子上摔了下來。
四周的人也傻了。
「小姐！」兩個丫鬟趕緊上前去拉住白曉月，心說：小姐瘋了！
白曉月被兩個丫頭拉住了，還在踹另外一個書生，嘴裡嚷嚷，「你們這些睜眼瞎！長舌婦！都說了苟青死是意外，老娘親眼看見的！」

在場眾人都驚得鳥獸散，心說：白小姐發瘋了！

丫鬟們趕緊架著人就往回跑，白曉月還嚷嚷呢，「別讓我再聽到你們胡說八道！跟他比起來，你們算個屁！」

街上一片譁然。

對面酒樓二樓，程子謙邊看著下面的熱鬧，邊刷刷的記錄著著。寫了幾筆，嘖嘖搖頭，對坐在身後、正啃一個梨子的索羅定說，「你造孽啊，好好一個大家閨秀被逼成小潑婦了。」

索羅定咬著梨子，笑了笑，「大家閨秀不見得就比小潑婦可愛。」說完，繼續嘎吱嘎吱啃梨子。

《曉風書院的八卦事・上》完

請繼續欣賞更精彩的《曉風書院的八卦事・下》

小媽之冠蓋滿京華
葉坊
夢空——著
IKU——繪
六個
俊美無儔
風華絕代的
兒子
加
高齡二十二歲!?
天然呆
狐狸精
小媽
有兒子的娘親像珍寶！
有金子撒。
有兒子疼。
有美食吃。
有孫子抱。
媽媽乖～
我們會一輩子
守著妳！(?)
9/4 誰都不准先告白的 同居生活閃亮登場！
典藏閣
不思議工作室_
立即搜尋
采舍國際
www.silkbook.com
華文聯合出版平台 www.book4u.com.tw
版權所有©
Copyright 2013

2013典藏
原創小說
天字醫號
圓不破 著
Welkin 繪
一個穿越，她從平凡的幼稚園老師，
變成大雍王朝的天才神醫。
天醫準則
梅花神針在手，可救痼疾久病者；
雙手紅痣在握，可醫白骨活死人。
但她——統統都不會！
炮灰女配+野人少年
看她如何馴獸、踏上天醫一途！
全套七集，全省各大書店、租書店、網路書店持續熱賣中！
典藏閣
華文聯合出版平台
www.book4u.com.tw
行銷總代理
采舍國際
www.silkbook.com
不思議工作室_
立即搜尋
版權所有© Copyright 2013

飛小說系列079

曉風書院的八卦事（上冊）

出版者■典藏閣
作　者■耳雅　　繪　者■jond-D
總編輯■歐綾纖
製作團隊■不思議工作室
郵撥帳號■50017206 采舍國際有限公司（郵撥購買，請另付一成郵資）
台灣出版中心■新北市中和區中山路2段366巷10號10樓
電　話■(02) 2248-7896　傳　真■(02) 2248-7758
物流中心■新北市中和區中山路2段366巷10號3樓
電　話■(02) 8245-8786　傳　真■(02) 8245-8718
ISBN■978-986-271-422-5
出版日期■2013年12月

全球華文國際市場總代理／采舍國際
地　址■新北市中和區中山路2段366巷10號3樓
電　話■(02) 8245-8786　傳　真■(02) 8245-8718

新絲路網路書店
地　址■新北市中和區中山路2段366巷10號10樓
網　址■www.silkbook.com
電　話■(02) 8245-9896
傳　真■(02) 8245-8819

☞您在什麼地方購買本書？☜

1. 便利商店（＿＿＿＿市／縣）：□7-11　□全家　□萊爾富　□其他＿＿＿＿＿＿

2. 網路書店：□新絲路　□博客來　□金石堂　□其他＿＿＿＿＿＿

3. 書店（＿＿＿＿市／縣）：□金石堂　□誠品　□安利美特animate　□其他＿＿＿＿

姓名：＿＿＿＿＿ 地址：＿＿＿＿＿＿＿＿＿＿＿＿＿＿＿

聯絡電話：＿＿＿＿＿＿＿ 電子郵箱：＿＿＿＿＿＿＿＿＿＿＿＿

您的性別：□男　□女　　您的生日：西元＿＿＿＿＿年＿＿＿＿＿月＿＿＿＿＿日

（請務必填妥基本資料，以利贈品寄送）

您的職業：□上班族　□學生　□服務業　□軍警公教　□資訊業　□娛樂相關產業

□自由業　□其他＿＿＿＿＿＿

您的學歷：□高中（含高中以下）　□專科、大學　□研究所以上

☞購買前☜

您從何處得知本書：□逛書店　□網路廣告（網站：＿＿＿＿＿＿＿）　□親友介紹

（可複選）　□出版書訊　□銷售人員推薦　□其他＿＿＿＿＿＿＿＿＿

本書吸引您的原因：□書名很好　□封面精美　□書腰文字　□封底文字　□欣賞作家

（可複選）　□喜歡畫家　□價格合理　□題材有趣　□廣告印象深刻

□其他＿＿＿＿＿＿＿＿＿

☞購買後☜

您滿意的部份：□書名　□封面　□故事內容　□版面編排　□價格　□贈品

（可複選）　□其他

不滿意的部份：□書名　□封面　□故事內容　□版面編排　□價格　□贈品

（可複選）　□其他

您對本書以及典藏閣的建議＿＿＿＿＿＿＿＿＿＿＿＿＿＿＿＿＿＿＿＿＿＿＿＿＿

＿＿＿＿＿＿＿＿＿＿＿＿＿＿＿＿＿＿＿＿＿＿＿＿＿＿＿＿＿＿＿＿＿＿＿＿＿＿

＿＿＿＿＿＿＿＿＿＿＿＿＿＿＿＿＿＿＿＿＿＿＿＿＿＿＿＿＿＿＿＿＿＿＿＿＿＿

✌未來您是否願意收到相關書訊？□是　□否

✍感謝您寶貴的意見✍

印刷品

$3.5
請貼
3.5元
郵票
不思議信箱
FUSIGI POST

235 新北市中和區中山路二段366巷10號10樓

華文網出版集團　收

（典藏閣－不思議工作室）

曉風書院的八卦事【上冊】

Novel 耳雅

Illust jond-D